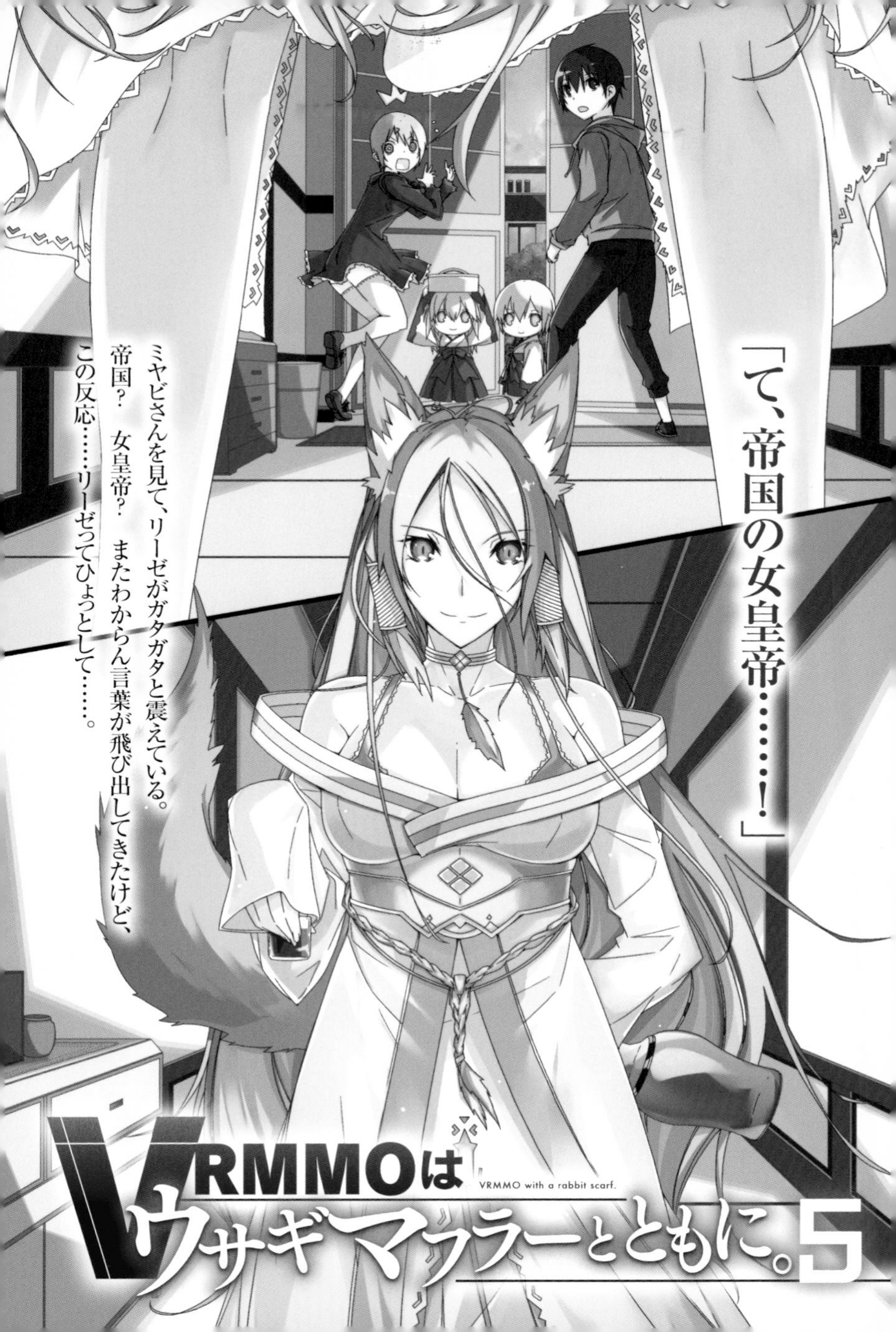
「て、帝国の女皇帝……！」
ミヤビさんを見て、リーゼがガタガタと震えている。
帝国？　女皇帝？　またわからん言葉が飛び出してきたけど、
この反応……リーゼってひょっとして……。
VRMMOはウサギマフラーとともに。5
VRMMO with a rabbit scarf.

「話があるんだけど」

「僕にはありませんが」

「そっちになくてもこっちにはあるのよ！」

癇癪を起こしたように地団駄を踏むゴールディ。

この子、本当にアイドルなのかね……。

「いいこと！

私の目の黒いうちは
あの二人に指一本だって
触らせないんだからね！」

「は？」

なに言ってんの、この子。

NEW EQUIPMENT!

DWO:05:01　小さな守護者たち

【Real World】

「ちょっと待て、君たちなんでここにいるの⁉」

「ミヤビ様からシロお兄ちゃんを守るように言われたです！」

「言われたの！」

とてつもなくまぶしい笑顔《えがお》で二人が答える。うん、いろいろツッコミたいところはあるが、まずスイカだらけの口元を拭《ふ》こうか。

もしかしてミヤビさんの言っていたボディガードってこの子らか？　嘘《うそ》だろ……？

「かかか。こう見えてもこやつらは強いぞ。お主の遭遇《そうぐう》したことのある同盟の調査ロボッ

ト なら、数万体いても勝てぬわ」

「うえっ⁉　そんな強いの、君ら⁉」

にぱっ、と二人とも笑顔を返す。常識が通じないな、宇宙人……。って、え⁉

振《ふ》り向くと、台所から父さんのウイスキーを両手に持ったミヤビさんが現れた。こっちも⁉

「いっ、いつの間に……！」

「なに、さっき上の船から転送でちょいとな」

転送ってマジか……。まるっきりＳＦの世界に迷《まよ》い込《こ》んだ気分だ。というか完全に住居侵入罪《しんにゅうざい》ですけど。

ミヤビさんは持ってきたウイスキーをグラスに入れて、勝手にストレートで飲み始めた。はい、窃盗罪《せっとうざい》も加わりましたよ。

宇宙人に法はないのか。あれ、父さんが大事にしていた高いウイスキーなんだけど……。

「細かいことは気にするでない。お主が狙《ねら》われることはまずないと思うが、万が一の保険にマドカとノドカを置いていく。この二人なら大概《たいがい》の相手は撃退《げきたい》できるからの。ま、この二人に敵意を向けるということは、わらわに敵意を向けるということじゃから、そんな馬鹿はいないと思うがの」

「いや、でも……親とかになんて説明すれば……」

「そこらへんも大丈夫《だいじょうぶ》じゃ。わらわたちにかかればちょちょいのちょい、とな。ま、大船に乗った気でおれ」

本当に？　なにせ宇宙人だからな……。父さんの記《き》憶《おく》を催眠術《さいみんじゅつ》かなんかで改竄《かいざん》、とか簡単にできそうだが。

お盆《ぼん》に伯父《おじ》さんのところへ帰省して、すぐにまた父さんは仕事で飛び出して行った。次に帰ってくるのは一ヵ月後だし、しばらくは大丈夫だと思うけど……。

「あ、でも耳とか尻尾《しっぽ》は？」

「ぬ？　お主ら、誰《だれ》もいない家ではいいが、外ではそれは隠《かく》せよ？」

「はいです！」

「はいなの！」

ノドカとマドカの元気な返事とともに、ポンッ、と煙《けむり》が上がって、二人から狐《きつね》耳と尻尾が消えた。確かにこれなら外国人の子供にしか見えない。銀髪《ぎんぱつ》は目立つけど、狐耳ほどじゃない。

「というわけで、よろしく頼《たの》むぞ。ではな」

「え、ちょっ……！」

言いたいことだけ言ってミヤビさんはその場からシュン、と消え去った。父さんのウイスキーとともに。

僕《ぼく》は呆然《ぼうぜん》としながらも自分の頬《ほお》を抓《つね》った。痛い。夢じゃない。

今のが転送ってやつか。まさかそんなSFめいた現実を目《ま》の当たりにすることになろうとは。

いや、VRだってひと昔前はSF扱《あつか》いされてたんだ。科学技術が進めばそんなものができてもおかしくはないよな。

つまりミヤビさんの星は地球よりはるかに科学文明が進んだ星ということなのだろうか……?

「シロお兄ちゃん、お腹《なか》減ったです」

「シロお兄ちゃん、お腹減ったの」

「マイペース過ぎない、君ら……」

確かに僕もお腹減ったけどさ……。ああ、もう六時過ぎてるのか。晩御飯《ばんごはん》にしないとって、この子らの食事も僕が用意するの……?

そんなことを考えたタイミングで、突然《とつぜん》テーブルに置いてあったスマホが鳴り響《ひび》く。

……? 知らない番号だな。

「はい、もしもし？」

『おお、シロか。忘れておったがの、そやつらにかかる金はお主の「こうざ」とやらにぶち込んでおいたぞ。余った分は好きに使うがよい』

「え⁉　ミヤビさん⁉　なんで僕の電話や口座の番号知って……！」

『かかか。それくらい宇宙人には朝飯前じゃ』

言いたいことだけ言って通話がブツッ、と切れる。ちょっと待ってくれよ、宇宙人ってなんでもアリなのか⁉

ともかく財布《さいふ》から銀行のカードを取り出して、ＶＲドライブから読み込ませ、残高を確認《かくにん》する。

「ぶっ⁉」

表示された金額を見て、僕は思わず吹《ふ》き出してしまった。桁《けた》が……桁が違《ちが》う⁉

この口座は父さんに毎月生活費を振り込んでもらっている口座ではなく、僕の個人的な口座だ。毎月のお小遣《こづか》いもこちらに入る。

確か前回見たときは貯金が十万円ほどだった金額が、一千万振り込まれて、一千十万円になっている。今日振り込まれたことになっているけど、もう銀行の営業時間終わってるよね⁉　どういうこと⁉

「っていうか、余ったぶんは好きに使えって、怖《こわ》くて使えるか！」

なんか犯罪的なことしてないよね⁉　誰かの口座から僕の口座へ横流しとかさ！　頼むぞ、宇宙人の超技術《ちょうぎじゅつ》！

と、とにかくこの一千万にはしばらく手をつけないようにしよう……。毎月の仕送りで子供二人ぶんの食事くらいならなんとかなるはず。貯金の十万円があれば他のものもなんとかなる……と思う。

「なんかもうムチャクチャ過ぎて、わけわからなくなってきた……」

ボヤく僕の視界に『DWO《デモンズ》』公式サイトのウィンドウが映る。

なにげなく開くと【怠惰《たいだ》】エリアにおける、今日のコロッセオでの試合結果が記されていた。

「おっ、すごい！　ミヤコさんがチャンピオンになったのか」

結果からいうと、ミヤコさんが優勝、なんとガルガドさんが準優勝、そしてレーヴェさんが三位だった。

『雷帝《らいてい》』ことユウも準決勝までいったらしいが、辞退したらしい。なんかあったのかな？

「というか、ユウは僕やみんなのこと覚えてないんだろうなあ」

アイリスとはもともと知り合いだったから、オルトロスとの記憶がないだけで、さほど

普　通　預　金（兼お借入明細）　②

摘要	お支払金額（円）	お預り金額（円）	差引残高（円）
カード	＊4,000	コンビニエンスサン	103,740
手数料	＊110		103,630
振込み		＊10,000,000	＊10,103,630

困らない。けど、ユウとはあれが初めての出会いだったから、僕と出会ったことも全部リセットされてしまったと思う。

せっかく知り合いになったのにな。また一緒《いっしょ》に戦えればいいけど。

それにしても……。ミヤコさんってミヤビさんの妹ならやっぱり宇宙人なんだろうな……。でもって、レーヴェさんも宇宙人の疑いアリ、と。

地球のゲームで地球外生命体が入賞ってのもどうなのかねえ……。地球人のプレイヤーでは僕しかこの事実を知らないんだろうけどさ……。

「シロお兄ちゃん、お腹すいたですー！」

「シロお兄ちゃん、お腹すいたのー！」

「ああ、ごめん。ちょっと待ってー！」

リビングから腹ペコ子狐《こぎつね》たちの叫《さけ》びが聞こえてきた。えーっと、確かレトルトのハンバーグがあったはずだ。ご飯は明日のぶんまで炊《た》いてあったから三人でもなんとかなるだろ。

僕はＶＲドライブの電源を切り、三人ぶんの夕飯を作るべくキッチンへと向かった。

◇　◇　◇

「あ、白兎君《はくと》。おは、……どうしたの、その顔？」

「……え？　なにが？」

今日は始業式。二学期の始まりだというのに、家を出た途端《とたん》、お隣《となり》さんのリーゼに心配された。

「目の下に隈《くま》ができてるよ？　それに顔色もなんか悪くない？」

「あー……。ちょっと寝付《ねつ》けなくて……」

「そんなに学校が楽しみだったの？　意外だね……」

いや、そっちじゃないんだけどね……。

宇宙人のこととか、『DWO《デモンズ》』のこととかを考えてたら眠《ねむ》れなくて、気がついたら朝になってた。

全部夢だったらいいなあ、と、リビングに下りたらテレビを食い入るようにして観《み》ているノドカとマドカがいて、ガッカリしたのは秘密だ。

二人には父さんの寝室《しんしつ》で寝《ね》てもらった。パジャマもなくて、巫女《みこ》さんのようなあのままの服で寝ていたが、外に出歩ける服とかも買わないといけないのかなあ……。

「どうしたもんか……」

「大丈夫？　なにか悩《なや》みがあるなら相談に乗るけど……」

「あ、いや、大丈夫、大丈夫。遅刻《ちこく》しちゃうから行こうか」

心配してくれるリーゼにそう答え、僕らは学校へと向かった。

今日は始業式なので、学校は午前中で終わる。久々に会うクラスメイトたちは日焼けしていたり、髪《かみ》をちょい染めていたりと、微妙《びみょう》な様変わりをしている奴《やつ》らが多かった。

夏休みの間にいろんな体験をしたのだろう。だが、僕のビックリ体験にはかなうまい……。

机に頭を乗せ、ぼんやりとしていた僕のところへ日に焼けた奏汰《かなた》がやってきた。

「おう、白兎。朝からひでえ顔だな」

「二学期早々ブサイク呼ばわりするとは、よほど殴《なぐ》られたいらしいな……」

「ちげぇよ！　そういう意味じゃねぇよ！」

わかってる。冗談《じょうだん》だ。しかしそんなにひどいかね？　あとで鏡でも見てくるか。

「わ。ひどい顔だねえ、はっくん」

奏汰に続いて遥花《はるか》にまでひどい顔呼ばわりされた。この双子《ふたご》の兄妹《きょうだい》はもっと言い方ってもんを考慮《こうりょ》してほしい。そうじゃないとわかっちゃいるが、なにげに傷付く。

「寝不足《ねぶそく》？　わかるよー、昨日のコロッセオの戦い観たら、私も興奮してなかなか寝られなかったもん」

「いや、そっちじゃないんだけど……まあ、いいや。そういや【傲慢《ごうまん》】の方でもコロッセオでトーナメントイベントがあったんだよな？　遥花たちも出場したのか？」

「ううん。私の場合、【獣魔術《じゅうまじゅつ》】も【召喚術《しょうかん》】も一体だけってルールがあったから辞退したの」

　なるほど。遥花のメインスキル【群狼《ぐんろう》】は、なによりも数が決め手だ。ＡＧＩ（敏捷《びんしょう》度《ど》）が高い狼たちを数多く使役《しえき》することによって、相手をいかに数の暴力で潰《つぶ》すかというところにその真骨頂がある。

　それを封《ふう》じられたら、その力は半減どころの話じゃないだろう。

「俺《おれ》の方も別の奴がギルド代表で出たからな。次は出てみてえけどさ」

「はっくんのところは？」

「うちはミウラ……美雨《みう》が出場したんだけど、【怠惰】のトップギルドのメンバーに当たってね。負けちゃったよ」

　だけどその負けたガルガドさんが準優勝だったことを考えると、それを追い詰《つ》めたミウラもなかなかいいところまでいってるんじゃないかな。リンカさんの『魔王の鉄鎚《ルシファーズハンマー》』で造られた武器のおかげってのも大きいけどさ。

「あ、そうだ。確か日向《ひなた》町の駅前にパラなんとかって安い衣料品店があったよね？　あそこって子供服も売ってたっけ？」

「うん？　『パラレルライン』か？　売ってるけどなんで子供服なんか？」

「あー……えっと、親戚《しんせき》の子が遊びに来ててね。その子らの服が一枚しかないものだから……」

「親戚の子？　お母さんの方？」

「ま、まあ、そんな感じ……」

奏汰と遥花も僕の父方の親戚であるから、彼《かれ》らも知らないということは必然的にそうなる。

親戚の子が銀髪の双子ってのは無理があるか？　だけどなんと説明したらいいのかわからないしなあ。

ああ、そういえば下着とかもいるのか？　子供のだし気にすることはないと思うけど、どうしたもんか。最悪『妹の』で通せば買えないことも……。

悩み顔をしていた僕に遥花が話しかけてくる。

「なんなら付き合おうか？　どうせ帰り道だし」

「本当⁉　助かるよ。いや、子供とはいえ女の子の服だし、変なの着せるわけにもいかないからさ」

「女の子なんだ。いくつ？」

「五つか、六つか……。双子なんだけど」

「おお！　あたしらと同じ！」

そうか、そうなるのか。奏汰と遥花は双子だけど二卵性《にらんせい》でまったく似ていないから忘れてた。いや、あの子らも双子かどうかわからんのだが……。

僕の脳裏《のうり》にズラッと並べられた不気味な卵から、ノドカマドカと同じ顔をした赤《あか》ん坊《ぼう》が、陽気に『ですー！』『なのー！』『ですー！』『なのー！』と殻《から》を突《つ》き破《やぶ》って出てくるイメージが湧《わ》いた。

いくら宇宙人だからってさすがにそれはないと思うが、また否定もできないのが厄介《やっかい》だ。

「おーら、席に着け。夏休みは終わったぞー。楽しい楽しい二学期の始まりだ」

「先生ー、楽しくないっす！」

担任の石川先生が入ってきて遥花たちは自分たちの席へと戻《もど》っていった。

あ、そういえばあの子らのお昼ごはんを用意しておくの忘れた。ま、少し遅《おく》れるけど大丈夫か。勝手に冷蔵庫漁《あさ》ってスイカ食ってたくらいだし、朝ごはんに食べたロールパンもテーブルにまだあるはずだし。

服を買ったついでになにか簡単なものでも買って帰ろう。

僕はそんなことを考えながら、朝の先生の話を聞き流していた。

◇　◇　◇

「リーゼも誘《さそ》ったんだけどさー、なんかメールが来て先に帰っちゃった」

「そうなのか？」

トイレから奏汰と戻ってくると、昇降口《しょうこうぐち》前で待っていてくれた遥花がそう話してくれた。

まあ、わざわざ隣町《となりまち》まで連れて行くのは気が引けるし、いいんだけど。

僕もあの子らに昼ごはん持って帰らないといけないから、そのまま遥花たちと日向町で遊べないしな。

「なんかものすごく慌《あわ》ててた。国の方でなにかあったのかな？　お父さんとかお母さんとかが来るのかも」

「リーゼの父ちゃんって貴族なんだっけか？　どんな感じかちょっと見てみてえよな」

もうこの時代、貴族って言っても肩書《かたが》きだけなんじゃないの？　小さな国だって言ってたし。普通《ふつう》のおじさんだと思うけど。

とりあえず僕らは駅へ向かうことにする。日向町までは電車で一駅だ。すぐに着く。

靴《くつ》を履《は》き替《か》えて三人で学校を出ようとした時、なにやら校門前に人だかりができているのに気がついた。

「なんだ？」

「女の子ばっかり集まっているけど……」

女の子たちはなにか小さいものをかまっているようだった。『かわいい』とかやたら聞こえるし、カシャカシャと写真を撮《と》っているし。迷い犬でも学校に入り込んだか？

気にはなったが、その中に入る勇気はなかったのでスルーすることに決めた。

集団の横を通り過ぎようとすると、女の子たちの足の横からひょっこりと二つの顔が飛び出してきた。

「あっ、シロお兄ちゃんです！」

「あっ、シロお兄ちゃんなの！」

「いっ!?　ノドカにマドカ!?」

飛び出してきたのは、家にいるはずの双子の少女だった。ミヤビさんの言いつけ通り、耳と尻尾は消えているが、身にまとう巫女服はそのままである。そりゃあ銀髪のミニ巫女さんが二人もいたら目立つわ。人だかりもできるわ……。

「おい、白兎。ひょっとしてこの子たちが……」

「うん、まあ……」

「うわっ、かわいい！　なにこの子、ホントにこの子たちがはっくんの親戚!?」

「うん、まあ……」

他の女の子と同じく、遥花も目の前の幼巫女ツインズに目を奪《うば》われていた。ノドカとマドカの二人は『お姉ちゃん、だあれ？』とばかりに首をシンクロさせて傾《かし》げていたが。

「と、とにかくここを離《はな》れよう。おいで、ノドカ、マドカ」

「わかったです！」

「わかったの！」

素直《すなお》についてきた二人を連れて、僕らは駅へと向かう。結局駅でも目立っていたが、二人の手を遥花が握《にぎ》って放さないので、変に騒《さわ》ぎにはならなかった。『かわいい、かわいい』とは連発されていたが。

電車で揺《ゆ》られること数分、遥花と奏汰の住む日向町へと到着《とうちゃく》する。

駅から出ると、僕らはそそくさと目的地の衣料品店へと一直線に向かう。早いとこ、この目立つ服を着替《きが》えさせねば。

『パラレルライン』と看板がでかでかと掲《かか》げられたガラス張りのその店は、全国展開するファッションチェーンストアだ。お手頃《てごろ》価格で、普段着《ふだんぎ》を主に売っている。僕も前にシャツを何枚かここで買った。

「さあ、二人の服を買うよー！　遥花お姉ちゃんが見繕《みつくろ》ってあげる！」

「遥花お姉ちゃんです？」

「遥花お姉ちゃんなの？」

「はっくんの親戚なら私の親戚！　この遥花お姉ちゃんに任せなさい！」

うん、まあ、僕と遥花たちは再従兄弟《はとこ》だから、一応親戚は親戚ということになるのか。実際は赤の他人どころか、種族も違うけどな……。

「はっくん、予算は!?」

「え？　えっと、上から下まで全部、何着か必要だから……。二人合わせて……ご、五万円くらい？」

「おお、太っ腹！　よし、ノドカちゃんにマドカちゃん！　いざ、突撃《とつげき》じゃー！」

「突撃です！」

「突撃なの！」

ダーッ！　と、子供服売り場へ駆《か》けていく三人。なんだろう。子供が三人いる。

「大丈夫かな……」

「遥花も姉貴風吹かせられて楽しいんだろ。霧宮《きりみや》の親戚にも小さな子はいないからな」

そういえば。父さんの方の親戚には小さな子はいない。たぶん、僕が一番若いのではなかろうか。

奏汰の霧宮家の方も小さな子はいないようだ。少子高齢化《こうれいか》ってやつかね？

「ほら、はっくんも早くー！　スポンサーが似合ってるか見ないとダメでしょうが！」

「へいへい」

結局、僕と奏汰は遥花の主催《しゆさい》するファッションショーに付き合わされた。

遥花に言われるままに着せられていたノドカとマドカだったが、宇宙人にも好みがあるらしく、好きな服とあまり気に入らない服とでは、やはりテンションが違っていた。

宇宙人でもやっぱり、女の子なんだねえ。

……いまさらだけどこの子ら宇宙人なんだよなぁ……。全くそんな感じしないし、普通に小さな女の子に見えるけどさ。

ミヤビさんの話では常識が通じないレベルで強いらしいが本当なんだろうか。

大量の服や靴を買い、その後、遥花たちとファミレスで食事をして、僕らは無事に帰宅した。

帰ってからちょっと気になったので、マドカと腕相撲《うでずもう》をしてみたが、瞬殺《しゅんさつ》された。どこにあんなパワーがあるのかわからん……。少なくとも僕よりは力が強い。

宇宙人とはいえ、小さな女の子にあっさり負けたのは軽くショックだった。

お盆に帰ったら島の伯父さんにも身体がなまってるとか言われたし、ちょっとトレーニング再開するかねえ。

DWO:05:02　黄金カボチャ

【Game World】

「これがVRドライブなのか？　コンパクト過ぎるだろ……」

部屋のど真ん中に置かれたリクライニングシート型の自分のVRドライブと、ノドカとマドカのVRドライブを比べて、僕は思わずため息をついた。

リクライニングシート型はベッド型に次いで高額で高性能なVRドライブである。地球における一番コンパクトなVRドライブはヘルメット型だが、それはいろいろと機能を削《そ》ぎ落とし、ゲームのみに特化しているからだ。

機能や快適さなどで比較《ひかく》すると、断然ベッド型とかの方がいいが、いつでもどこでもとなるとヘルメット型に軍配が上がる。

しかし、ノドカとマドカのＶＲドライブはそれをはるかに超《こ》えるコンパクトさであった。

「腕輪型《うでわ》……。さすがは宇宙の技術ってところか」

ノドカとマドカが右腕《みぎうで》に装着していた、一見、シンプルな銀の腕輪。まさかそれがＶＲドライブだとは。

「それだけじゃなくて、つーしんきにも、いりょーぶんせききにも、宇宙船のこんとろーらーにもなるのです！」

「なるの！」

買ってきた可愛《かわい》らしい服を着て、そう自慢気《じまんげ》に語る双子さん。

なにその多機能な腕輪。アレか、これって宇宙人のスマホみたいなもんか。宇宙人にとっては地球のＶＲＭＭＯはソシャゲみたいな感じなのかね？

「とにかくこれを使えばノドカとマドカもログインできるわけか」

「そうなのです！　ミヤビ様からシロお兄ちゃんがゲームで遊んでいるときはノドカたちも遊んでいいって言われたです！」

「言われたから遊ぶの！」

言われましたか。

でも、一応君ら僕のボディガードとかって言ってなかった？　ＶＲドライブを使用中って一番本体が隙《すき》だらけになると思うんだけど。

ダイブ中に宇宙人に襲撃《しゅうげき》されたら、二人がどれだけ強くても、僕の身体を守ることができないんじゃ？

「大丈夫なのです。『ろぐいん』してもノドカもマドカも半分はこっちに残りますです。何かあってもすぐに対処できるのです」

「できるの」

半分？　半分ってなに？　意識を半分、現実世界こっちに残せるとか？

よくわからないが、大丈夫らしい。ホントかね……。

ここまでになったら僕にはもうどうしようもない。本気で他の宇宙人が僕を狙ってきたら、二人に任せるしかないのだから。

もう開き直ろうと決めた。考えるだけ無駄《むだ》だ。ミヤビさんが大丈夫だと言うならそれを信じよう。

日曜の昼下がり、半ば諦《あきら》めにも近い気持ちを抱《かか》えたまま、僕は『ＤＷＯ《デモンズ》』の世界へとログインした。

◇　◇　◇

「あっ、こんにちは、シロさん」

「あ、シロ兄ちゃん。来たんだ」

「きゅっ！」

僕らのギルドホーム【星降る島】へとログインすると、リビングのテーブルにはシズカとミウラの二人がお茶を飲んでいた。

そのテーブルの上ではエンジェラビットのスノウがこちらを向いて長い耳をぴこぴこと動かしている。

周りにはノドカとマドカはいない。たぶん、【天社《アマツヤシロ》】の方にログインしたのだろう。

「レンとウェンディさんは？」

この二人がいるということは、必然的にレンとウェンディさんもログインしているということだ。リビングには見当たらないけど……キッチンかな？

パーティリストを見るとリゼルだけログインしていないようだった。

「レンは縫製室《ほうせい》。新しい装備を作ってる。ウェンディさんはリンカ姉ちゃんと新しい盾《たて》の強化中」

なるほど。

リンカさんの転職した『鍛冶師《メタルスミス》』は【金属強化】というジョブスキルを持つ。

読んで字のごとく、金属製の武器防具における性能を高めるスキルだ。

正直に言うとリンカさんにとって、このジョブスキルはあまり意味がない。なぜなら完全にその上位互換《ごかん》である『魔王の鉄鎚《ルシファーズハンマー》』があるからだ。

それでも少しは強化することが可能なので、打ち直しをしているのだろう。デザインも変えられるしな。

僕の質問に答えてくれたミウラの横では、シズカがウィンドウを開き、なにやら調べている。片手で器用にスノウの頭を撫《な》でながらだが。

「第四エリアも少しずつですがプレイヤーが増えて来ています。私《わたくし》たちもレベルを上げるため、どこかいい狩場《かりば》を見つけないといけませんね」

確かに。せっかく第四エリアに来たんだ。やはりいろんなところへ足を伸《の》ばしてみたい。けれども今の強さじゃ、雪原をうろついているモンスターの相手をするのも骨が折れるからなあ。

パーティ全体のレベルアップが必要か。

「レンとかリンカ姉ちゃんは生産経験値が入るから、レベルだけなら戦わなくても上がるけど、あたしたちはやっぱりモンスターを倒《たお》さないとね。あと、あたしは『スパイラルゲイル』をもっと使いこなせるようになりたい」

そう言って、ミウラは壁《かべ》に立てかけてあった自分の大剣《たいけん》を横目で見る。暴風剣『スパイラルゲイル』。リンカさんの造ったミウラ用の大剣だ。

この大剣は強力な風属性の付与《ふよ》能力を持つ。簡単に言うと、竜巻《たつまき》を起こし、突風《とっぷう》を起こすことができる。

しかし『暴風剣』の名が示す通り、かなり扱いが難しい。というか、味方まで巻き込まれる。危《あや》うく僕も吹っ飛ばされそうになった。

その力を利用し、コロッセオでの試合ではミウラは自分自身を舞《ま》い上がらせて空中を飛んだのだ。あの高度からの【大回転斬《ぎ》り】はなかなかいい線をいっていたと思う。ミウラオリジナルの必殺技《ひっさつわざ》になるかもしれない。

僕らがレベルアップについての話し合いをしていると、バンッ！　と、縫製室から勢いよく扉《とびら》を開けて、レンが飛び出してきた。

「できたよ、シズカちゃん！」

レンが手にしたその服は和風テイストが入ったものだった。シズカの装備を作ってたのか。

シズカがその服をレンから受け取ると、すぐにその手から服が消える。インベントリに収納したんだろう。

シズカが装備ウィンドウを開いて操作すると、一瞬《いっしゅん》にして彼女《かのじょ》の装備が先ほどの服へと切り替《か》わった。

『DWO《デモンズ》』ではウィンドウを使って装備を変更《へんこう》すると一瞬で着替えることができるが、普通に着替えることもできる。

前者と後者、なにが違うのかというと、一つに装備が『固定』されるかどうかというものがある。

例えば帽子《ぼうし》を装備ウィンドウで装備すると、『固定』され、どんなに激しく動いても、たとえ逆立ちしても、帽子がプレイヤーの頭から離れることはない（もちろん燃やされたり破壊《はかい》されたりで外れることはある）。

僕もマフラー装備はウィンドウで『固定』にしている。戦闘《せんとう》中に首からほどけるのも困るしね。

ただ、このウィンドウ装備にも難点があって、『固定』されているから、ちょっとした脱着《だっちゃく》ができない。一度装備してしまうと、メガネひとつ、手で外すことはできないのだ。装備した時と同じように、装備ウィンドウから外すことになる。なので、大抵《たいてい》の人は使い分けて装備をしているのだ。

シズカの場合は早く装備してみたかったのだろう。僕の前で着替えるわけにもいかないだろうし。

「うん、シズカっぽくていいよ！　かわいいし、カッコいい！」

ミウラが新しい装備に着替えたシズカを見て感想を述べた。

藤色《ふじいろ》で矢絣柄《やがすりがら》の小紋《こもん》、葡萄色《ぶどういろ》の女袴《ばかま》、編上げのブーツ。あれだ、ハイカラさんってやつだ。シズカは今までの巫女さん装備からハイカラさん装備にクラスチェンジした。

もちろんただのハイカラさん衣装《いしょう》ってわけではなく、肩《かた》と腰《こし》に和風鎧《よろい》のようなパーツが、靴には鉄板が取り付けられている。

黒髪《くろかみ》ロングのシズカがその装備を着ると、和風の出で立ちとマッチして、とてもよく似合っていた。

リビング出口にある姿見の前でシズカがくるりと回って、自分の姿を確認する。

「素敵《すてき》ですわ！　ありがとうございます、レンさん！」

「そう言って貰《もら》えると嬉《うれ》しいよ。耐性《たいせい》系か増加系の能力が付けばよかったんだけど……」

レンがちょっとだけ残念そうに答える。『付与宝珠《ふよほうしゅ》』を使ったのか。おそらく『付与宝珠』を出したのは依頼主《いらいぬし》のシズカだろうけど、付与される能力はまったくのランダムだ。狙《ねら》って付けられるものではない。

それに運が悪いと、まったく相性《あいしょう》の悪い能力が付くこともあるからな。例えばＡＧＩ（敏捷度）重視の僕に『知力ＵＰ』とか、紙装甲《そうこう》なのに『受けたダメージの何割かを撥《は》ね返す』とか。

「で、なにが付いたの？」

「幻惑系《げんわく》……でしょうか。動きに合わせて残像を見せるみたいです。ちょっとやってみますね」

そう言うとシズカは中庭に出て、僕らの前をゆっくりと歩いた。するとその後ろからシズカの姿が残像のように付いて来る。なるほど、幻惑系か。

「シロ兄ちゃんの【分身】みたいだね」

「シロさんの【分身】と違って、私《わたくし》のは本当に残像で、すぐに消えますから」

確かに。持って一秒もないんじゃないかな。逆に言えば、一秒ほどで動ける距離《きょり》分しか残像は付いてこないってことだ。

「でも遠距離《えんきょり》射撃《しゃげき》なんかを当たらないように、狙いにくくするってことはできそうだよね。

常に動いていないといけないけど……。防御《ぼうぎょ》には使えるけど、攻撃《こうげき》には使えないか」

「いえ、こう……」

シズカが手の中に薙刀《なぎなた》を出現させて、戦技を発動させる。槍《やり》系の戦技【乱れ突《づ》き】だ。突きの連続攻撃。

「おっ？　何度も突きを繰《く》り出しているように見えるな」

「見えるだけですけどね。実際はいつもと同じように攻撃しているだけなんですけど、相手は防御しにくくなるかと思います」

地味に嫌《いや》な攻撃だな。意外と使えるのかもしれない。

僕がそんなことを考えていると、リンカさんとウェンディさんが連れ立って鍛冶工房《かじこうぼう》から出てきた。お、ウェンディさんもおニューの盾を持っているぞ。

赤みを帯びた大盾《おおだて》で、炎《ほのお》のような紋様《もんよう》が刻まれている。

「完成したんですか？」

「ん。【炎熱《えんねつ》の盾】。うまいこと火炎《かえん》系の能力が付与できた」

「第四エリアではありがたい効果です。火炎系に弱い敵が多いですから」

そう言ってウェンディさんが新しい盾を見せてくれた。

【炎熱の盾】　Xランク
DEF（防御力《ぼうぎょりょく》）＋128
耐久性《たいきゅうせい》57／57
■炎の意匠《いしょう》が施《ほどこ》された大型盾。

□装備アイテム／大盾
□複数効果なし／
品質：F（最高品質《フローレス》）
■特殊効果《とくしゅこうか》：
稀《まれ》に攻撃を受けた際に火炎を放射し自動反撃《はんげき》する。
（効果無効に切替《きりかえ》可能）

【鑑定《かんてい》済】

おお。自動反撃能力か。ＭＰ要《い》らずでこれは助かるなあ。

ミウラの大剣に、シズカの防具、ウェンディさんの盾と、みんなの装備も充実《じゅうじつ》してきたな。

今日は欠席しているリゼルを除いて、これで【月見兎《うさぎ》】のメンバー全員が揃《そろ》った。

「で、結局どこでレベル上げするの？」

ミウラの言葉にウェンディさんがマップウィンドウを開く。

「今のところ第四エリアでは【フレンネル雪原】か【白氷山脈】でしょうか」

【白氷山脈】……。ああ、スノードロップの町から東部にある第三、第四エリアにまたがる山脈か。

「ですけど、どちらもけっこう強いモンスターが出ますから、一体を倒すのに時間がかかりますわ」

「うーん、じゃあ第三エリアに戻って戦う？　経験値は下がるけど、そっちの方が安全だし、たくさん狩《か》れば第四エリアより稼《かせ》げるかも」

シズカとレンがそんな会話を交《か》わしていると、突然《とつぜん》中庭から続く扉を開いて、小さな二人組が乱入してきた。

「こんにちはです！」

「こんにちはなの！」

元気なノドカとマドカの挨拶《あいさつ》が響《ひび》き渡《わた》る。

あー……来ちゃったか。いや、来るとは思ってたけど。

【星降る島】はシークレットエリアなので、本来許可された者しか入れない。しかしこの二人の場合は別で、エリア侵入《しんにゅう》を拒否《きょひ》状態にできないのだ。なぜならこのエリア自体がミヤビさんからの借り物であるからである。

まあ、大家さんには逆らえないよね……。

「あれ？　ノドカちゃんとマドカちゃん。どうしたの？」

「遊びに来たです！」

「遊びに来たの！」

レンの言葉にこれまた元気に答える狐《きつね》耳の双子。僕《ぼく》としては引きつった笑いを浮《う》かべるしかない。

『ＤＷＯ《デモンズ》』の中でもボディガードというわけではないだろうが、変な輩《やから》に目を付けられないための、ミヤビさんからの保険なのかね？　『監視者《ウォッチャー》』とやらのこともあるしな。

「どこか行くです？」

浮かんでいるマップウィンドウを見ながら、ノドカが尋《たず》ねてくる。

「あ、えっと、レベル上げに……ってわかるかな？」

「『DWO《デモンズ》』のNPCにもレベルはありますのでわかると思いますが」

ノドカに返そうとした自分の言葉に、ちょっと疑問を持ったのか、レンがウェンディさんに視線を向けた。まあノドカとマドカは実はNPCではないのだけれど……。

『DWO《デモンズ》』のNPCにもレベルの概念《がいねん》はある。もっとも相手がどれだけのレベルかなどのステータスは僕らには見ることができないが。

これは【鑑定】系のスキルでも今のところ見ることができないので、隠《かく》しステータス扱《あつか》いなのかもしれない。まさか『種族：宇宙人』とか書いてあるんじゃないよな……？

「あたしたちはさらに強くなるために戦いに行くんだよ！」

「それでどこに行こうかと話してたんですわ」

ミウラとシズカがレンの言葉を引き継《つ》ぐように、ノドカとマドカに説明をしていた。ミウラの説明は大雑把《おおざっぱ》であるが、間違《まちが》えてはいない。

「なら【星の塔《とう》】に行くといいです！」

「行くといいの！」

「え？」

ノドカとマドカが口にした【星の塔】。それは以前、ギルド【スターライト】のみんなを【セーレの翼《つばさ》】で他エリアへと連れて行った際に見つけたシークレットエリアのことだ。『DWO《デモンズ》』のガイドキャラクターであるデモ子さんが言うには、六十階層からなる試練の塔だそうだが……。

確か【星の塔】はあのあとアレンさんたちが挑戦《ちょうせん》したって聞いたな。十階層まで辿《たど》りつけなくて、なにもお宝は手に入れられなかったらしいが。

あの塔は十階層ごとにしかポータルエリアがなく、途中《とちゅう》で帰ることもできない。しかも全滅《ぜんめつ》すると手に入れたアイテムは全て没収《ぼっしゅう》。けっこう厳しそうなんですけど。

あー、でも経験値稼ぎが目的なら問題ないのか？　全滅して手に入れたアイテムは没収されても、経験値は消えないからな。

「あそこには『けーけんち』をたくさん落とすやつがいるです！」

「ピカピカかぼちゃなの！」

「ピカピカかぼちゃ？」

なんだそりゃ？　『けーけんち』……経験値を落とすっていうのなら敵性モンスターな

んだろうけど。

僕が疑問に思っていると、レンの隣《となり》にいたウェンディさんが小さく呟《つぶや》いた。

「ジャック・オ・ランタン……ですか」

「あー、なるほど。ピカピカかぼちゃか」

ウェンディさんの呟きにミウラが納得《なっとく》したように首肯《しゅこう》した。

「え、なに？　知ってるの？」

「シロ兄ちゃん。ハロウィンとかで見たことない？　かぼちゃをくりぬいて作られた提灯《ちょうちん》みたいなの」

「ああ、あれか。あれがジャックなんとかって言うのか」

テレビで見たことはあるが、実際には見たことはない。島ではハロウィンなんてやってなかったしな。肝試《きもだめ》しならやったけど。

「そのジャック・オ・ランタンが経験値をたくさん落とす、いわゆるボーナスモンスターだというわけですね」

「そこならレベルを稼ぎやすい？」

リンカさんの言葉にノドカが頷《うなず》く。

「ピカピカかぼちゃは普通のと、もっとピカピカのやつがいるです」

「もっとピカピカのかぼちゃ？　……亜種《あしゅ》がいるって事でしょうか」

「もっとピカピカかぼちゃはもっと『けーけんち』持ってるの！　ピカピカかぼちゃよりもさらにピカピカなの！」

「ちょっと待ってくれ。ピカピカピカピカでこんがらがってきた……」

要約すると【星の塔】には経験値の高いジャック・オ・ランタンがいて、さらにそれよりも経験値が高い亜種もいる、ってことだな？

「しかし経験値の高いモンスターがいるからといって、全滅前提の経験値稼ぎはいささかどうかと思います。お嬢様《じょうさま》たちの保護者として容認《ようにん》できません」

ウェンディさんが一人反対する。

【星の塔】に一旦《いったん》入れば、十階層まで脱出《だっしゅつ》できない。もちろん死ねばギルドホームへ脱出できる。僕らがやろうとしていることは、経験値の高いジャック・オ・ランタンを狩りまくり、程《ほど》よいところで全滅して死に戻ろうということだ。

しかしながら、そんなことを何回も繰り返していては、正直精神的にキツい。何度も何度もわざと殺されるわけだからな。

ＶＲにおける『死』というものは、偽物《にせもの》だとわかっていても不安と恐怖《きょうふ》がつきまとう。だからこそ、なるべくそれを回避《かいひ》しようと考えて行動するわけで。

本当かどうかわからないが、死に戻りがあまりも積み重なると、復活までのあの闇《やみ》の中に取り残される時間が長くなるって話もあるしな。

ウェンディさんはレンたち年少組に変なトラウマを与《あた》えることになりかねないのを心配しているんだろう。その気持ちはわかる。

ノドカとマドカには悪いが、この提案は却下《きゃっか》かな……。

「確かに死なないと脱出できない塔で戦い続けるってのもな。十階層まで余裕《よゆう》で抜《ぬ》けられるならまた違《ちが》ってくるんだろうけど」

「【星の塔】から脱出です？　それならシロお兄ちゃんがいれば大丈夫《だいじょうぶ》じゃないです？」

「大丈夫なの」

「え？」

不思議そうにこちらを見て首を傾げている狐耳の双子《ふたご》。え、どういうこと？

「シロさんがいればその【星の塔】から簡単に脱出できるってことですか？」

「そうです」

「そうなの」

僕の代わりに質問してくれたレンに二人が小さく頷く。

僕がいればってどういう……。脱出系のスキルなんて僕は持って…………あ！

僕は一つのことに思い当たり、スキルウィンドウを開いた。

「これか……！」

■セーレの翼　★★★

①解放条件：
・レベル4になる。
・死亡する。
・地図を持たずにポータルエリアを使用する。
◉セット中、一日に五回のみポータルエリアを使用することでランダム転移が可能。
（5／5）

②解放条件：

・七つの領国全てに移動する。
・Aランクのモンスターを倒す。
・★★スキルを三つ所有する。
◉セット中、一日に五回のみポータルエリアを使用することでパーティランダム転移が可能。

（5／5）

③解放条件：
・魔王《まおう》の装備を入手する。
・Sランクのモンスターを倒す。
・セーレの加護を得る。
◉セット中、ビーコンを設置した場所に自由にパーティ転移が可能。
（7／7）

また解放されてた。

◇　◇　◇

これってどういうことだ？　いつの間に解放されてたんだろう。

魔王の装備ってのは……『魔王の鉄鎚《ルシファーズハンマー》』のことか？

Sランクのモンスターってのは……。オルトロスだろうか。それ以外思《おも》い浮かばないし。

一番目と二番目の解放条件はそれだとして、最後のセーレの加護、ってのがわからん。

セーレってのは、この【セーレの翼】のセーレのことだよな？　ソロモン72柱の悪魔《あくま》の名前だっけ？　確かウェンディさんが前にそんなことを言ってたような。

「ウェンディさん、【セーレの翼】のセーレって、どんな悪魔か知ってます？」

「セーレですか？　確か……26の軍団を支配する、序列70番めの地獄《じごく》の貴公子であり君主。翼のある白馬に乗り、黄金の髪《かみ》と氷のような目を持つと言われています。悪魔にしては珍《めずら》しく優《やさ》しい性質を持ち、召喚《しようかん》者の望みをなんでも叶《かな》えてくれるとか……」

翼の生えた白馬、金髪《きんぱつ》の貴公子……って、あれ？　どこかで……あ！　あれか！　オルトロスのところに落とされたとき、そんなやつに会った気がする。

あれがセーレ？　でも加護ってなんだ？

調べてみると、【契約者《けいやくしや》：セーレ】という称号《しようごう》がいつの間にかついていた。それ以外にパラメータが変化した様子はない。加護っていうんだからなにかしらの恩恵《おんけい》があるのかと思ったが……よくわからん。

「また【セーレの翼】がなにか変化を？」

「はい。なんか知らないうちに解放されてたみたいです」

僕は解放されたスキルの内容をみんなに伝えた。ミウラがうーん、と腕《うで》を組んで首をひねる。

「ビーコンってのはなんだろうね？」

「おそらくこの場合のビーコンとは、アクセスポイントとしての役割を示すものだと思う。たぶん、好きなところにポータルエリアのようなものを作れるんじゃないか、と」

リンカさんの言う通りなら、かなり使えるスキルだけど、どうすればいいんだろ？

「えっと、『ビーコン』？　おっ？」

とりあえず念じてみると、手の中に大きな白い羽が現れた。先端《せんたん》がダーツのように尖っているけど、これがビーコンか？

「どうかしたんですか？」

「え？　あれっ？　これ見えない？」

僕はレンの前で白い羽を左右に振《ふ》った。どうやら僕にしか見えてないらしい。

これはあれかな。見えていると第三者に排除《はいじょ》されたり、罠《わな》を張られたりしてしまうからかな。ギルドメンバーくらいには見えてもいいと思うが。

んで、これをどうしろと？

「その白い羽を地面に突《つ》き刺《さ》すです！」

「突き刺すの！」

……君らには見えてるのかい。

突き刺す？　とりあえずノドカとマドカが言う通り、地面に刺してみる。おっ？

【登録されました】とのメッセージが流れ、ビーコンの説明表示が（7／7）から（6／7）になった。

これは転移の回数限度じゃなくて、設定場所の数なのか？　回数制限がなくなったのは嬉しいけど……。

「登録できたら、あとはどこからでもここに戻《もど》れるです。パーティを組んでいれば一緒《いっしょ》に転移もできるです」

「できるの」

実験するため、レンとだけパーティを組んで二人で中庭からキッチンの方へと向かった。そこで【セーレの翼】を発動させると、小さな選択《せんたく》ウィンドウが出現。唯一《ゆいいつ》表示されている一番上の【01】を選択すると、一瞬にして羽を刺した場所へと瞬間《しゅんかん》移動した。もちろんレンも一緒にだ。

「すごいですね！　自分でポータルエリアを作れるなんて！」

「それだけではございません。ランダム転移の能力を使えばどこの領域にもビーコンを自由に設置できます。確かにこれなら【星の塔】で死に戻りの脱出をする必要はないですね」

確かに。ウェンディさんの言う通り、死にそうになったり、帰りたくなったりしたらここへと転移すればいいのだ。

これって瞬間移動と変わらないんじゃないのか？　七つしか置けないのはちょっと心もとない気もするけど、七つの領国の数に合わせたのかね。どうせならソロモン72柱の方に合わせてくれりゃよかったのに。

「これで【星の塔】にも行けそうですわね。みんなでレベルアップできますわ」

「よーっし！　燃えてきたー！」

シズカとミウラがハイタッチして喜ぶ。

その後、僕らは【星の塔】でレベル上げをするための準備を始めた。スキル構成や持っていくアイテムを絞《しぼ》る。

あとは経験値が高いっていうジャック・オ・ランタンが見つかるかだな。

「ま、やってみるか」

「やってやるです！」

「やってやるの！」

……え？　君らも行くの？

◇　◇　◇

『では気をつけて！　いってらっしゃいですの！』

ナビゲーターであるデモ子さんの声援《せいえん》を受けて、僕らの背中で大きな扉が閉まった。

ここは【星の塔：二階】。一階はデモ子さんがいる広間だから、実質ここからがモンスターの湧《わ》くエリアだ。

「典型的なダンジョン型の造りですわね」

「ダンジョンじゃなく塔だけどね。くぅぅ～、宝箱とか探そうよ！　絶対あるって！」

「ミウラちゃん、目的が変わってるよ？」

後ろで年少組がわいわいと話しているのを聞きながら、僕は目の前に広がる光景を眺《なが》めていた。

真《ま》っ直ぐに続く通路のその先は丁字路《ていじろ》になっている。シズカの言う通り、いかにも地下迷路《ダンジョン》といった感じだ。壁には窓もなく、光が全く差し込《こ》んでいないはずなのにやけに明るい。おかしな話だが、まあゲームだし、と納得しておく。

道幅《みちはば》は広く天井《てんじょう》も高く、戦闘するのに問題はなさそうだ。逆に言うと身の隠し場所がないとも言えるが。その先の曲がり角にモンスターが潜《ひそ》んでとかいないよな？　【気配察知】では感じられないが。

「とりあえず進んでみるか。マップはオートで記録されるんですよね？」

「はい。たとえパーティがバラバラに進んでも、ギルド共有のマップに記録されていくようです」

ウェンディさんがマップウィンドウを開いて答えてくれる。そうなると、ギルドメンバーが多い方が得なんだな。

【怠惰《たいだ》】の領国で一番の大所帯ギルドは【エルドラド】。ギルドメンバーが二百人以上いるらしい。その全員で探索《たんさく》したらあっという間にマップが完成するんじゃなかろうか。ここがどれだけの広さがあるかわからないけどさ。

ま、僕らは僕らでやることをやるだけだ。

「では前衛は私とミウラ様、中衛にシロさんとリンカさん、後衛にレンお嬢様とシズカ様でいきましょう」

「私たちは応援《おうえん》するです！」

「応援するの！」

「きゅっ！」

ウェンディさんが配置構成を告げると、元気に二人プラス一匹《ぴき》が答えた。

「……お二人はシロさんの後ろで。スノウは二人を守って下さいね」

「きゅっ！」

パタパタとエンジェラビットのスノウは翼をはためかせて、ノドカの頭にぽすんと着地した。

あれからスノウもだいぶ僕たちに馴《な》れたので、もう巻き添《ぞ》えの【光輪】乱舞《らんぶ》はないと思う。……思いたい。

シズカが後衛なのは一応後ろからの不意打ちに備えてだな。攻《せ》めも守りもできるシズカならその役に最適だろう。

「よーし！　んじゃ、しゅっぱーつ！」

意気揚々《いきようよう》とミウラが歩き出す。おい、一応警戒《けいかい》しながら進めよ？　変なトラップとかあるかもしれないんだから。

「……そういや【月見兎《ウチ》】って、探索系のスキル持ちがいないよね」

「うん。こういう時、【解錠《かいじょう》】とか【罠発見】とかのスキル持ちがいると助かる。いわゆるシーフ系」

隣にいたリンカさんも同じことを感じていたらしい。

シーフ……盗賊《とうぞく》か。うーん、『DWO《デモンズ》』で盗賊というと、まんま犯罪プレイヤーだからなぁ。間違いなくオレンジネームだろ……。

「シーフ系と呼ばれるジョブは、『斥候《スカウト》』とか『猟兵《レンジャー》』、それと『財宝探索者《トレジャーハンター》』とか。あとは……『忍者《ニンジャ》』」

「……なりませんからね」

リンカさんがなにか言いたげな目を向けてくるが、僕にその気はない。

「ねえ、これどっちに向かう？」

最初の丁字路でミウラが僕らに振り返る。

丁字路のその先は右も左も一方通行で、カクッと道が折れ曲がっていた。どっちでもいいっちゃどっちでもいいな。

「ギルマス。どっちにする？」

「え？　あ、じ、じゃあ左で！」

「おっけー」

我らが【月見兎】のギルドマスター・レンの指示は左である。ものども左へ向かえい。

しばらく一本道が続いていたが、【気配察知】を持つ僕とシズカが、進行方向の先にある曲がり角の向こうからモンスターの気配を感じた。

やがて耳でもなにかが駆《か》けてくる足音を捉《とら》える。

「くるぞ……！」

『グルガガッ！』

『ガガガッ！』

勢いよく角を曲がって現れたのは二匹の黒い大型犬。燃えるような赤い目でこちらを睨み、涎《よだれ》を垂らした口を大きく開けて、鋭《するど》い牙《きば》を覗《のぞ》かせている。

それを見て後ろにいたマドカとノドカが両手を上げてはしゃいでいた。あの凶悪《きょうあく》なツラを見て、なぜ喜ぶ……。

「へるはんどです！」

「へるはんどなの！」

へるはんど……地獄の手《ヘルハンド》？　あ、ヘルハウンド？

なんかで聞いたことがある名前だな。思い出せないけど……。

『グガガッ！』

そのヘルハウンドとやらの一匹がこちらへ向けて飛びかかってきた。その攻撃を前に出たウェンディさんが新しい盾《たて》でしっかりと受け止める。

さすが、と思った次の瞬間、ウェンディさんの大盾から火炎放射器のような炎が吹《ふ》き出し、真正面にいたヘルハウンドを襲《おそ》った。

『ギャウン！』

「ふむ。初撃で発動するとはついてますね」

今のがウェンディさんの新しい盾の特殊効果か。けっこうな威力《いりょく》じゃないかな、アレ。発動率は低いらしいからそんなに何回もは起こらないだろうけど。

「りゃああ！　【スラッシュ】！」

『グギャウッ！』

火炎攻撃《かえんこうげき》を受けて怯《ひる》んだヘルハウンドに、ミウラの大剣《たいけん》が炸裂《さくれつ》した。

「【ストライクショット】！」

間髪《かんはつ》を容《い》れず、僕の後ろから一本の矢が放たれる。その矢がヘルハウンドに突き刺さると、パァンッ、と黒い魔犬《まけん》は光の粒《つぶ》となった。

『ガルルルルッ！』

「おっと。【一文字斬《ぎ》り】」

横から飛びかかろうとしていたもう一匹のヘルハウンドを僕はすれ違いざまに斬《き》りつける。

「【ダブルインパクト】」

僕の後ろにいたリンカさんが巨大化《きょだいか》させた『魔王の鉄鎚《ルシファーズハンマー》』で、左右二回の連続攻撃を放つ。これがトドメとなり、残ったヘルハウンドも光の粒となって消えた。

「むう。参加させてもらえませんでしたわ……」

一人戦闘に参加させてもらえなかった最後尾《さいこうび》のシズカがボヤく。新装備の能力を試《ため》してみたかったのだろう。悪いことをしたな。

「アレン兄ちゃんの言ってた通り、二階の奴《やつ》らはあんまり強くないみたい」

「それでも第三エリア終盤《しゅうばん》のフィールドモンスター並みですね。……ですが確かに経験値は高いようです。ドロップアイテムは……『黒魔犬の牙』と『黒魔犬の骨』ですか」

ウェンディさんがウィンドウを開いて確認《かくにん》している。牙と骨か。犬系のモンスターはあまり高そうな素材を落とさないからなあ。狼《おおかみ》系だとまた違うんだけど。

でもシークレットエリアのアイテムだから高く売れるかもしれない。【錬金術《れんきんじゅつ》】の素材になるかもだし。

「よし、じゃあ進むよー」

ミウラの先導で僕らは再び塔の通路を歩き始めた。それから十回ほどヘルハウンドやブルースライム、ダークオウルなんてモンスターに襲われたが、難なく撃退《げきたい》し、アイテムと経験値を稼ぐ。

しかしこの塔広いなあ。上へとあがる階段を見つけるだけでも大変だろ……。まあ、目的のジャック・オ・ランタンはどの層でも出るらしいので登らなくてもいいっちゃいいんだが……。

「あ、いたです！」

「いたの！」

ノドカとマドカが指し示す通路の先に、突然モンスターが現れる。ポップしたのか。

そいつはでかいカボチャの頭を持ち、破れかけた黒い帽子《ぼうし》に黒いマントを身に纏《まと》っていた。下半身がなく宙に浮いている。

片手にはその名の通りランタンを持っていて、もう片方の手には鋭く光るナイフを持っていた。周囲には二つの鬼火《おにび》が漂《ただよ》っている。こいつが『ランプ持ちの男《ジャック・オ・ランタン》』か。

「ピカピカかぼちゃです！」

「ピカピカかぼちゃなの！」

確かにカボチャの頭が中から光を放ち、ゆっくりとしたテンポで点滅《てんめつ》している。なるほど、ピカピカかぼちゃか。

『ギギギ……。ギイイイイイイッ！』

金切り声のような声を上げると、カボチャ頭《ジャック・オ・ランタン》の持つランタンから、バスケットボール大の火の玉が飛び出してきた。

それをウェンディさんが盾で受け止め、その間に僕、ミウラ、リンカさんの三人はカボチャ野郎《やろう》の側面へと回り込む。

「【大切断】！」

「【インパクト】」

ミウラとリンカさんが戦技を放つが、カボチャ野郎はゆらゆらと揺《ゆ》れるような動きでそれを躱《かわ》す。まるで水に浮かべた発泡《はっぽう》スチロールのように、ふよふよと漂いながらも手に持ったナイフを突き出してくる。

こちらも負けじとそれを躱し、攻撃《こうげき》を繰《く》り出すが、やはりひらひらと躱されてしまった。

ミウラとリンカさんも続けて攻撃を放つが、それもあっさりと躱される。

「むう。これは経験値を多く落とすやつにありがちな、ＡＧＩ（敏捷度《びんしょうど》）高めの敵。ムカつくやつ」

「こんにゃろー！　ひらひらひらひら、避《よ》けるだけしかできないくせに馬鹿にして！　絶対やっつけてやる！」

なんだろう、チクチクくるな……。カボチャのことだよね？

リゼルがいたら広範囲《こうはんい》の魔法《まほう》をぶっ放してもらうのにな。あるいは動きを封《ふう》じるバインド系の魔法とか。

「【サウザンドレイン】！」

『ギギッ!?』

レンの放った広範囲の戦技による矢の雨がカボチャ男に降り注ぐ。さすがにこれは躱せないだろう。ダメージを受け、動きが鈍《にぶ》った隙《すき》を見て僕とシズカが動く。

「【十文字斬り】」

「【乱れ突《づ》き】」

『グギャッ⁉』

僕の縦横十文字の斬撃と残像を伴《ともな》ったシズカの連続突きが決まる。ジャック・オ・ランタンはまともにそれを受けてふらりとよろめいた。

「チャーンス！　【魔神突《まじんづ》き】！」

カボチャの頭より上にジャンプしたミウラが、真下の敵目掛《めが》けて暴風剣《けん》スパイラルゲイルを突き刺す。それがトドメとなり、哀《あわ》れピカピカかぼちゃはピカピカな塵《ちり》となって消えた。

「倒《たお》せたか。ちょっと素早《すばや》くてやりにくい相手かな」

「この手のモンスターにはありがちな特性ですが……。……ふむ。レベルアップしましたね。確かにかなりの経験値を持ったモンスターのようです」

早速《さっそく》ステータスを開いて調べているウェンディさんに続き、僕もステータスを開いて自分のレベルを確認する。

おっ、僕も上がっているぞ。レベル36になった。みんなも軒並《のきな》み上がっているようだ。かなりの経験値を落とすんだな。

ドロップアイテムは『ハロウィンカボチャ』と『壊《こわ》れたランタン』……。なんというか……まんまだな。カボチャは食材アイテムらしいので食べられるようだが、あまり食う気はしない……。

まあこれでレベルの方は上げることができそうだな。ただ、レベルだけじゃなくスキルの熟練度も上げていかないと強くはなれない。

僕も【気配察知】とか【投擲《とうてき》】あたりを上げようかね。それとも新しい戦闘《せんとう》スキルを買うかな……。シズカの持ってる【カウンター】とか。

このダンジョンだと【壁《かべ》走り】とか使えそうだよな……。でもあれは星二つのレアスキルだからあんまり売ってないし、売ってても高いんだよなあ。

「よーし！　この調子でどんどん倒してこー！」

ミウラが元気よく拳《こぶし》を突き上げる。さらに経験値の高い亜種もいるらしいから、そいつを倒せればもっとレベルを上げられるんじゃないかな。

エンカウント率がどれだけ低いのかわからないけど、普通《ふつう》に徘徊《はいかい》している敵も程よい強さで経験値もまあまあだし、確かにいい狩場《かりば》だ。

今度アレンさんも誘《さそ》ってみるか。【セーレの翼】のビーコンを【星の塔】とギルドホームに設置すれば行ったり来たりできるから、数回に分ければ全員無事に帰還《きかん》できるしな。

僕らは【星の塔】のマップを見ながら、まだ解放されていない道を優先的に進み始めた。

◇　◇　◇

「おっ、また上がった」

通算四匹目のジャック・オ・ランタンを倒した後にレベルを確認すると37になってた。

やはり早いな。狩《か》り始めて四時間（現実時間）足らずでまたひとつ上がるとは。確かにこれはオイシイ。

まあ、それ以上に他の敵も倒しまくっているわけだけど。

「エンカウント率はさすがに低いですね」

「でも、出会ったらすぐ逃《に》げ出さないだけマシ。倒し方もわかってきたし」

僕と同じようにレベルを確認していたウェンディさんとリンカさんがそんなことをつぶ

やく。

確かになんとなくだが、倒し方がある程度パターン化してきた。

まずレンの範囲《はんい》攻撃《こうげき》でダメージを与え、動きを止める。次に僕《ぼく》が【加速】で迫《せま》り、攻撃を加えてこちらへと注意を向けさせる。その隙にミウラ、あるいはリンカさんの一撃《いちげき》が決まれば大ダメージだ。外れた場合、ウェンディさんとシズカが防御《ぼうぎょ》に回り、再びレンの範囲攻撃、と。

これを繰り返せば比較的《ひかくてき》楽に狩れる。ただ、これはあくまで単独で現れた場合で、他のモンスターと一緒に出てきた場合はまた違ってくるのだが。

「さすがに疲《つか》れてきましたね……」

レンが大きく溜《た》め息《いき》をつきながらそうつぶやいている。四時間近くも狩ってたらそりゃゲームとはいえ精神的に疲れるよな。

現在、僕らがいるのは【星の塔】の四階。とりあえずマップを埋《う》めつつ、上への階段を見つけたら上り、そこに湧くモンスターの強さを確かめながら慎重《しんちょう》に進んでいる。

「あっ⁉」

突然《とつぜん》放たれたミウラの声にマップウィンドウを慌《あわ》てて消す。モンスターか⁉

「宝箱だ！　うわぁ、宝箱があるよ、みんな！」

え？　宝箱？

ミウラの示す先、小部屋の片隅《かたすみ》に金で縁取《ふちど》りされたいかにも宝箱、というものが鎮座《ちんざ》していた。

「ちょっと待った！　ミウラ、罠があるかもしれないぞ」

「えっ？」

走り出そうとしたミウラが、僕の声で立ち止まる。宝箱に罠。よくある話だ。ひょっとしたらミミックとかいう宝箱に擬態《ぎたい》したモンスターかもしれない。

「うーん……。【罠解除】のスキルとか取っておくべきでしたかね……」

「……大丈夫。私の【鑑定《かんてい》】でこの罠ならわかる。宝箱を開くと毒矢が飛んでくるタイプ」

レンが漏《も》らしたつぶやきにリンカさんがさらりと答える。え、【鑑定】でそんなことまでわかるの⁉

僕も試しに【鑑定】してみた。

【宝箱】　Eランク

■未開封《みかいふう》
■罠の有無《うむ》：unknown
品質：S（標準品質《スタンダード》）

はい、わかりません《unknown》。僕の【鑑定】レベルじゃ罠があるかどうかもわからなかった。Eランクってのは宝箱の中身のランクじゃなくて、宝箱自体のランクだろう。

職業柄《しょくぎょうがら》、いろんなものを日々鑑定しているリンカさんには敵《かな》わないよな。リンカさんとパーティを組むときは、【鑑定】スキルは控《ひか》えに回してもいいのかもしれないなあ。

まあ、さすがに【鑑定】スキルでも宝箱の中身まではわからないだろうけど。

罠の内容が分かっていれば開けるのは怖《こわ》くない。宝箱の後ろに回り込んで蓋《ふた》を開けると、バシュッ！　とした発射音とともに、小さな矢が壁に突き刺さった。おお、こわっ。

「中身は……。おっと。なんだこれ？」

僕は宝箱の中から飛び出してきたものを空中でキャッチした。これって、杖《つえ》……か？

……いや、この宝箱の中にどうやってこんな長い物が入ってたの……？　まあゲームなんだから突っ込むだけ無駄《むだ》だけどさ。
リンカさんに手渡《てわた》し、鑑定してもらう。

【星の杖】　Aランク
ATK（攻撃力《こうげきりょく》）＋58
INT（知力）＋72
MND（精神力）＋36
■アルカナシリーズの一つ。
遠距離《えんきょり》から物理攻撃が可能。
□装備アイテム／杖
□複数効果無し／
品質：HQ（高品質《ハイクオリティ》）

金属ではあるが軽い。一メートルくらいの杖だ。杖頭には大きなデフォルメされた星が付いていた。遠距離からの物理攻撃ってどういうことだろう？　魔法攻撃《まほうこうげき》が物理攻撃になるってこと？

「これはリゼルさん用ですね」

「うーむ、ここにいないメンバーの武器が手に入るとは……」

いや、まだ装備できるメンバーがいるからマシなのか。斧《おの》とか棍棒《こんぼう》とか格闘《かくとう》用のガントレットだったりしたら無駄になるとこだ。おいそれと売れるもんじゃないしなあ。

「シロ兄ちゃん、この宝箱も拾ってく？」

「いや、そんなもんどうするのさ……」

「トーラス兄ちゃんの店で売れるかも……」

「持っていこう」

『パラダイス《あのみせ》』ならこの手のガラクタでも絶対に売る。こんないかにも『宝箱』ってインテリアを見逃《みのが》すはずはない。

星の杖と一緒に宝箱もインベントリに収納する。鑑定できたし、やっぱりオブジェクトじゃなく、宝箱もちゃんとアイテム扱《あつか》いなんだな。

「しかしけっこう狩ったけど、まだカボチャの亜種《あしゅ》ってのには出会わないなあ」

もうジャック・オ・ランタンなんて長い名前を呼ぶのが面倒《めんどう》だからカボチャと呼んでしまおう。これで充分《じゅうぶん》通じるし。

「亜種なんてそう簡単に遭遇《そうぐう》するものじゃないですからね。それだけ希少な……どうしました、スノウ?」

「きゅっ!」

レンの頭の上でくつろいでいたスノウが突然飛び立ち、パタパタと通路を飛んでいく。途中《とちゅう》でこちらを振り返り、再び『きゅっ!』と鳴いた。

「ついてこいって言ってるです!」

「言ってるの!」

「あいつの言葉わかるの、君ら……」

彼女《かのじょ》たちの正体を知ってるだけに、突っ込んでいいものか判断に悩《なや》む。

そんな僕を置いて、みんなはすたこらとスノウを追いかけていく。行くしかないよなあ。

「きゅきゅきゅっ」

パタパタと通路を迷いなく進んでいくスノウについていくと、目の前にオレンジ色の光が見えた。

「あれは……」

「もっとピカピカカボチャです！」

「もっとピカピカカボチャなの！」

なるほど、もっとピカピカか。

目の前に現れたのは今まで見てきたジャック・オ・ランタンとさほど変わらない。ただ、頭部のカボチャ部分が金ピカに輝《かがや》いていた。ゴールデンカボチャだ。こいつが亜種に違《ちが》いない。……硬《かた》そうだなぁ。

「とりあえず今まで通りやってみましょう。【サウザンドレイン】！」

レンから放たれた矢の雨が金ピカカボチャに降り注ぐ。その隙を突いて【加速】を発動させた僕が金ピカに双焔剣《そうえんけん》『白焔《びゃくえん》・改《かい》』と『黒焔《こくえん》・改《かい》』を叩《たた》き込んだ。が、双剣《そうけん》から感じるいつもとは違う抵抗《ていこう》に眉《まゆ》を顰《ひそ》める。硬っ⁉　やっぱり硬いぞ、こいつ！

野菜ではなく金属のモンスターということなのか？　となると斬撃系である僕やミウラ、ウェンディさんの剣や、シズカの薙刀《なぎなた》はあまり役に立たない。いや、ミウラの大剣は打撃《だげき》系とも言えるけど。

「【ヘビィインパクト】」

僕に引き続き、真の打撃系であるリンカさんが金ピカに『魔王の鉄鎚《ルシファーズハンマー》』をぶちかます。

ホームランを打つ勢いで、大鎚化した『魔王の鉄鎚《ルシファーズハンマー》』が金ピカの頭を強打する。ガキャンッ！　という金属音とともに、金ピカの頭上にヒヨコがくるくると回り出した。よし、ピヨった！　ラッキー！

「【ラッシュスパイク】」

「【兜割《かぶと》り】！」

「【大車輪】」

ウェンディさん、ミウラ、シズカの三人が放った戦技が連続で決まる。硬いとはいえ、あれだけの戦技を食《く》らえばかなりＨＰが減ったはず……って、半分も削《けず》れてない⁉

『ギギッ！』

ピヨピヨから復活した金ピカが、手に持ったランタンからボムッ、ボムッ、ボムッ、とバレーボール大の火球を撃《う》ち出した。ゆっくりとそれは金ピカの周りを回り出し、すぐに回転のスピードが上がったと思ったら、まるで遠心力で飛ばすかのごとく僕らへと向けて放ってきた。

「っと！」

僕とシズカは迫り来る火球を躱し、ウェンディさんはミウラの前に出て大盾でそれを受け流す。

「【ストライクショット】！」

『ギッ⁉』

ウェンディさんの後ろからレンの放った強力な一撃が、金ピカの持っていたランタンを破壊《はかい》する。あれって破壊できるのか……。本体にダメージはないようだけど。

しかし、よく見るとランタンは少しずつ再生しているようだった。一時的な破壊ってことか。

「もう一度……！【ヘビィインパクト】！」

チャンスを逃《のが》さないとばかりにリンカさんが前に出て、『魔王の鉄鎚《ルシファーズハンマー》』を振り抜《ぬ》く。大音響《だいおんきょう》を立てて金ピカがよろめくが、さっきのようにピヨりはしなかった。

「【狂化】あっ！」

ミウラの身体が赤いエフェクトに包まれる。【鬼神族《オーガ》】の種族スキル【狂化】だ。防御力《ぼうぎょりょく》が下がる代わりに圧倒的《あっとうてき》な攻撃力を得るスキル。

その身体能力を使って、ミウラは空中高くジャンプする。暴風剣『スパイラルゲイル』を構え、縦回転に回転しながら金ピカへと落ちていく。

「【大回転斬り】いっ！」

本来の【大回転斬り】は横回転で周囲の敵を吹き飛ばす戦技だ。『スパイラルゲイル』の力を借りたミウラのアレは全くの別物だと思う。

『ギゲギャッ⁉』

【狂化】に加えてのこの戦技を食らって、さすがの金ピカのHPもレッドゾーンへ突入《とつにゅう》した。御自慢《ごじまん》の金のカボチャ頭もヒビが入っている。よし、もう一息だ！

出し惜《お》しみは無しだ。動けるHPを残し、【分身】を発動。七人に分かれた僕が金ピカへと同時に戦技を放つ。

『【双星斬】！』

『ギャウァッ⁉』

両手で十回、七人で計七十もの斬撃を受けて、金ピカカボチャは光と消えた。倒せた、か。

「やったです！」

「やったの！」

諸手《もろて》を上げてノドカとマドカ喜びを表す。

「攻撃力はそれほど高くないみたいだけど、硬かったなぁ。リゼルの魔法があればもう少しは楽できるかな？」

「うわっ、レベルが上がってる！　上がったばかりなのに！」

ミウラの驚《おどろ》く声に僕も自分のステータスを確認する。ううむ、僕は上がってなかった。でもかなりの経験値は入ったな。ノーマルのカボチャと比べると三倍近く入ってる。

ドロップアイテムは……『金のカボチャ』……？　金でできたカボチャってことだよな？食べ物じゃないよな？

ふと横を見ると、リンカさんが黄金のカボチャを取り出していた。あ、やっぱり金でできたカボチャなのね。装備の素材に使うのかな。黄金の鎧《よろい》とか黄金の剣……ちょっと趣味《しゅみ》が悪そうだ。トーラスさんの店なら買い取ってくれるだろうけど。

「お。スキルオーブもドロップしてるぞ。【魔工学】……？」

僕はスキルオーブに表示されたスキル名に首を捻《ひね》る。聞いたことないスキルだな。でもこれ星二つのレアスキルだ。

『学』ってことはなにかの生産スキルに関わることだよな。あんまり生産系はチェックしてないからよくわからんなぁ。

「リンカさん、これ……うわっ⁉」

生産スキルは生産プレイヤーに聞けば、と顔を上げると、リンカさんが目の前まで黄金カボチャを持って迫っていた。近い近い！　近いって！

「【魔工学】……！　欲《ほ》しい。シロちゃん、譲《ゆず》って。今ならカボチャもつける」

「いや、それ僕もドロップしましたから……。譲るのは構わないんですけど、これってどういうスキルなんです？」

「【魔工学】は魔法機械の装備を開発できるようになるスキル。まだ成功したプレイヤーはいないけど、魔法銃《まほうじゅう》とか造れるようになるって噂《うわさ》」

噂かい。眉唾《まゆつば》だなぁ。

「あと、機械式っぽい弓も造れる」

「それってクロスボウみたいなものですか？」

「そう。属性を付けた魔法攻撃ができるようになる機械弓」

「あ、それいいですね！　私、欲しいです！」

リンカさんの言葉を聞いて、後ろからひょっこりとレンが顔を覗かせた。ううん……。まあ、僕が持っていても仕方ないしなぁ。

結局リンカさんにギルド内価格で【魔工学】を譲った。いいというのに黄金カボチャも渡《わた》されたが。やっぱり後でトーラスさんのところに売ってこよう。

「そろそろ時間ですから戻《もど》りましょうか」

ウェンディさんの言葉に全員が頷《うなず》く。あんまりここで稼《かせ》ぎすぎてもリゼルだけレベル差が出てしまうし、流石《さすが》に今日はもう疲れた。

「じゃあシロさん、お願いします」

「うん。あ、ちょっと待って」

僕は新たに『ビーコン』を取り出して、塔《とう》の現在いる場所に設置する。これで次からはここからスタートできるはずだ。

「よし、じゃあ【転移】っと」

ウィンドウにある、『ビーコン：01』をタッチすると、一瞬《いっしゅん》にして僕らはギルドホームへと戻ってきた。

「本当に帰ってこられましたわね」

「これいいね！　移動や探索がすごい楽になるじゃん！」

「それだけじゃありません。いざという時の緊急避難《きんきゅうひなん》にも使えます」

確かにこれは便利だなぁ。強い敵と戦っても、死にそうになったら一瞬でここに戻って来られるんだから。いや、さすがにボス戦とかには使えないかな？　そこまで都合良くはあるまい。ボスから逃げられないってのはゲームのセオリーらしいからな。

ホームに帰るや否《いな》や、リンカさんはすぐさま自分の工房《こうぼう》へと飛んで行った。これからログイン制限時間ギリギリまで【魔工学】のスキルを高めるらしい。いや、あの熱意には頭が下がる。レンのクロスボウも割と早くできるんじゃなかろうか。

「面白《おもしろ》かったです」

「面白かったの」

そらようござんした。ノドカマドカを連れて、僕も今日はログアウトすることにする。まあ、一緒《いっしょ》に住んでいるなんてみんなには言えないけどね。

ログアウトしたら夕食の用意をしないとな。今日はなににしよう。あの子らはなんでも喜んで食いそうだけどさ。

ログアウトを終え、リクライニングシートから身を起こすと、一緒にログアウトしたはずのノドカとマドカがいない。

リビングがなにやら騒《さわ》がしいのでそちらの方へ向かうと、ノドカとマドカがお菓子《かし》をボリボリと食べながらアニメ映画のＤＶＤを観《み》ていた。おい、そのお菓子、どこから持ってきた？　随分《ずいぶん》とくつろいでくれちゃって……。

「あ、シロお兄ちゃんです」

「シロお兄ちゃんなの」

「君ら行動早過ぎない……？」

ふと、違和感《いわかん》を覚えたのでしばらくリビングを観察する。……ああ、そうか。さっきログアウトしたにしてはこの部屋は時間が経《た》ち過ぎてるんだ。

お菓子は空になった袋《ふくろ》がいくつか散乱しているし、空になったペットボトルも転がっている。ＤＶＤのアニメ映画は終盤のクライマックスだ。

さっきログアウトしたばかりで、ここまでの状態になるとは思えない。時計を見ると、ゲーム内でログアウトした時間とそう変わらなかった。

つまりログインしていた時間もこの子たちはここにいて、映画を観てた？

「ひょっとして『半分こっちに残る』ってのは、やっぱり『ＤＷＯ《デモンズ》』にログインしている間もこっちの二人は自由に起きてるってことなのか……？」

考《かんが》え込《こ》んでいると、ピンポーン、と玄関《げんかん》のチャイムが鳴る。誰《だれ》だ？　また父さんから宅配かな？

「誰か来たです！」

「来たの！」

「あっ、ちょっ、待て！」

僕が制止するよりも早く、双子《ふたご》が玄関へと飛び出して行った。ミヤビさんの言いつけ通り耳と尻尾《しっぽ》は隠《かく》しているけど、あまりこの子たちを人前には出したくはない。変に事情を探《さぐ》られるのも嫌《いや》だしな。

まあ、なにかマズい状態になってもミヤビさんがなんとかしそうな気もしないでもないが……。

「あ、れんごーのお姉ちゃんです！」

「れんごーのお姉ちゃんなの！」

「…………」

ノドカがガチャリと玄関を開けた先に立っていたのは、お隣《となり》さんのリーゼだった。手には小さな鍋《なべ》を持っている。

そのリーゼは双子を見下ろしたまま、翡翠《ひすい》色の瞳《ひとみ》を見開いて固まっていた。あっちゃあ……。

や、ヤバい……！　な、なんて言い訳すればいいんだ？　『ゲーム内のＮＰＣそっくりな親戚《しんせき》の子供』で通すか？

いやいや、あの子らもう『れんごーのお姉ちゃん』とか口走っちゃったし。知り合いだってバレバレじゃないか！　……ん？　れんごーのお姉ちゃん？　れんごーって『連合』か？　……まさか【惑星《わくせい》連合】？

「な、なんであなたたちがここに……っ！　あっ、きょっ、局長に報告しなきゃ……！」

「それはやめてもらえんかのう。痛くもない腹を探られるのはまっぴらじゃ」

「ひっ……⁉」

リーゼの手から鍋が落ちる。危《あや》うく玄関の三和土《たたき》に落ちる前に、ノドカが素早くキャッチした。ナイス！

声のした背後を振《ふ》り向くと、ニヤニヤとした笑《え》みを浮《う》かべてミヤビさんが立っている。

……ってその手に持ってるブランデー、父さんのとっておきだよね⁉

「て、帝国《ていこく》の女皇帝《じょこうてい》……！」

ミヤビさんを見て、リーゼがガタガタと震《ふる》えている。

帝国？　女皇帝？　またわからん言葉が飛び出してきたけど、この反応……リーゼってひょっとして……。

「こ、皇帝陛下が地上に降りるとは……。ち、地球をどうする気、ですか……？」

「別にどうもせんわ。ちょっとした息抜《いきぬ》きじゃ。まあ、少しだけ探し物もしとるがの」

震えながら言葉を紡《つむ》いだリーゼにミヤビさんが答える。リーゼがまるで蛇《へび》に睨《にら》まれた蛙《かえる》のようだ。相手は蛇ではなく狐《きつね》だけど。

「それ、は、星間法に触《ふ》れる、のでは……」

「今更《いまさら》じゃの。お主らも同盟の奴らも、隠れて大なり小なり同じようなことをしてるではないか。なぜ帝国だけ律儀《りちぎ》に守らねばならん。まあ、お主が黙《だま》っとればいいだけのことよ」

「こ、断ったら……?」

「さあのう。連合の新米調査員が一人、地球で行方《ゆくえ》不明になるかもしれんのう……。そんな事件は起きてほしくないじゃろ?」

悪い顔をしたミヤビさんの視線を受けて、カクカクとリーゼが首を縦に振る。顔から血の気が引いている。よっぽどミヤビさんが怖いらしい。

リーゼが『女皇帝』って言ってたけど、ひょっとしてミヤビさんって、ものすごく偉《えら》い人ですか……?

「えーっと……。よくわからないんで、いろいろ説明してもらえますかね……?」

ずっと蚊帳《かや》の外だった僕は、なんとかそう言うだけで精一杯《せいいっぱい》だった。

DWO:05:03　女皇帝と調査局員

【Ｒｅａｌ　Ｗｏｒｌｄ】

「簡単に説明すると、地球が存在する銀河にはいろんな組織があるが、中でも大きな集団が三つある。以前話した【惑星連合】、【宇宙同盟】、そしてわらわの統治する【銀河帝国】じゃな」

「はぁ……」

スケールが大き過ぎてピンとこない。銀河って。ていうか、ミヤビさんが統治する帝国？

「その、【銀河帝国】？　の、女皇帝がミヤビさん、だと」

「そうじゃ」

「それってものすごく偉い人ってこと……ですか？」

「うむ。本来ならば他星の一市民が会えるような存在ではないのじゃぞ？　シロは特別じゃ」

自分の言葉がおかしかったのか、かかか、と笑いながら、ミヤビさんはブランデーを呷《あお》る。とても宇宙の皇帝陛下とは思えないんですが。皇帝陛下なら弁償《べんしょう》してくれるんだろうか、それ……。最悪、僕が飲んだと思われかねないんですけど。

「それでそこの小娘《こむすめ》が【惑星連合】の調査局員じゃ。その星の種族や文明、文化を調査するために地上に降りる……ま、潜入捜査員《せんにゅうそうさいん》じゃな」

ソファーに腰掛《こしか》けるミヤビさんの前で相変わらずリーゼは青い顔をして座《すわ》っていた。

「ってことは、その、リーゼも宇宙人……なのか？」

リーゼは僕の言葉にビクッとしたが、やがて小さくこっくりと頷いた。

「私、は、【惑星連合】の調査機関、『トリリトン』所属の調査局員なの。任務は地球人の生態、文化、行動を観察、調査すること……」

「それだけではあるまい。地球に滞在《たいざい》する他の異星人に対して、強制撤去《てっきょ》させる権限を持つ。もちろん星間法に触れた異星人だけじゃが」

「や、私まだ二級調査員なんでその資格は持っていません。せいぜい先輩方《せんぱいがた》が処理するまで監視《かんし》したり、ちょっとしたお手伝いをするくらいで……」

マジですか。お隣さんが宇宙人だったよ。って、ノドカマドカがいる今や、同居人も宇宙人か……。

「リーゼが宇宙人……。まあ、そう言われると納得《なっとく》できる部分もあるけど……」

「えっ？　えっ⁉　そ、そんなバレバレだった⁉」

目を見開いたリーゼがこちらを振り向く。

「ん、まあ。世間知らずなところとか、なんか隠し事《ごと》をしてるようなそぶりとか……。今から思うと、ああ、それで……って納得できる」

「そんなぁ……」

そういやUFOの話をしてた時もなんか挙動不審《きょどうふしん》だったよな。ボロを出さないように気をつけていたんだと思う。

潜入捜査員としては新人らしいから、どうしてもそういった不自然さが出てしまうのだろう。いや、宇宙人とわかった今だからわかることで、それがなければ気がつかなかったと思うけどさ。

ガックリとうなだれたリーゼにどう声をかけていいかわからず、僕は話題を変えてみる。

「そ、それより地球にはそんなに宇宙人が降りているのか？」

「……きちんと手続きを取り、厳しい審査《しんさ》を受けた者ならね。ある程度は許可されてはいるの。無断で強引《ごういん》に降りようとして墜落《ついらく》したのもいるよ。地球人が隠蔽《いんぺい》しちゃってるけれど」

え、それって『ロズウェル事件』とか、そういうの？　よくオカルト的な番組で流れたりするけど。

「ひょっとしてリーゼの【惑星連合】って、どっかの国と取引とかしてる……？」

「してないよ。どんな理由があれ、未発達の星の、特定の政府なんかと接触《せっしょく》するのは星間法で禁じられているから。現在、地球のどの国も異星人との交流はしてないはずだよ。一応、【連合《うち》】が地球の担当ってことになっているから、【同盟】も【帝国】にも接触は許してないはずだし。……まあ、国じゃなく、個人でなら何人かいると思うけど」

「現地での協力者がいなければ調査もままならぬからのう。近いところじゃと、ほれ、『DWO《デモンズ》』を作った連中とかじゃな」

『DWO《デモンズ》』の開発者たちか。NPCがみんな宇宙人だと言うのなら、それに関わっている人たちが関係者なのは間違《まちが》いないだろう。

詳《くわ》しく聞くと、開発者の中には宇宙人も含《ふく》まれているらしいという。てことは、『DWO《デモンズ》』ってのは、宇宙人と地球人との共同制作のゲームってこと？

しかもＮＰＣは全員、宇宙からログインしているらしい。地球に降りた宇宙人じゃないのか。遠距離恒星間通信《えんきょりこうせい》ってことか？　通信料いくらだよ……と、どうでもいいことを考えてしまった。

「ちょっと待って。なら、開発・発売元のレンフィルコーポレーションの社長……。レン、いやレンシアのお父さんも関係者なのか？」

「えっと、たぶんそうじゃない？　私みたいな下っ端《したっぱ》までそんな情報は回ってこないけど」

マジか……。あのロマンスグレーなお父さんがねえ。一度しか会ったことはないけど、娘《むすめ》を心配する普通のお父さんにしか見えなかったな。まさか宇宙人との付き合いがあるとは。

いや、それを言ったら僕もなのか……。一度レンシアのお父さんときちんと話してみたいな。まあ、それはそれとして。

「結局、宇宙人……リーゼやミヤビさんたちの目的はなんなの？　地球侵略《しんりやく》とかじゃないんだろ？」

「地球人が宇宙に進出することが、他の異星人にとって益となるか害となるか……それを見極《みきわ》めようとしてるのじゃ。ざっくばらんにいうと、友達になるかならないか、様子を見ているところじゃな」

「友達って……まあ、当たらずとも遠からずってところだけど……」

ミヤビさんの言葉に対して、複雑な表情のリーゼがそうつぶやく。

友好を結べる存在かどうか、確認《かくにん》をしているところってこと？

「地球人は身内で争ってばかりじゃからのう。警戒《けいかい》するのは当たり前じゃ。個人ならまだマシじゃが、集団になると凶暴《きょうぼう》さが増す。意に添《そ》わぬ者を排斥《はいせき》し、少数の意見は異端《いたん》だと決めつける。自分を律することもできず、多数の他者に考えを委ね、暴走してしまう。未熟な種族じゃ」

……群集心理ってやつか？　人は素質に関係なく、状況《じょうきょう》や集団の中での環境《かんきょう》により、善にも悪にも簡単に変貌《へんぼう》するという……確か『ルシファー効果』だったかな？　そんな説をテレビで見たような。

匿名性《とくめいせい》の高い状況や、集団での責任が分散される状況下においては個性が失われ、自己規制の意識が低下するとか。ネットなんかは特にそうだな。

みんながしていることを当たり前だと考えてしまう。それが正しいと思《おも》い込んでしまう。

『正義感』を持って、みんなで他者を迫害《はくがい》する。

確かにそういうところが人間にはあると思うけど……。

「じゃが、未熟ゆえに地球人には無限の可能性もまた存在する。我らにはない、新たな風を宇宙に呼び起こすやもしれぬ。我らはそれを期待しているのじゃ。そのためには地球人もっと知らねばならぬ。そのための調査をしているのじゃ」

「基本的には地球上では私たち【惑星連合】の者が調査をしているの。でも『DWO《デモンズ》』の中では共同で調査しているから、いろいろと大変なんだよ。お互《たが》い方針が違ったりするから……」

リーゼが、はあっ、と深いため息をつく。どうやら宇宙人も足並みを揃《そろ》えるのは大変らしい。

こういった異星人とのコンタクトは、星によっていろいろ方法が変わるらしい。

ある程度文明が育っていなければ、また次の機会に、となることも多いとか。未熟過ぎる種族だと、異星人を神と崇《あが》めてしまい、その成長を妨《さまた》げることになるからだそうだ。

その点では地球人は試験を受けるだけのレベルに達していると認められたわけか。

「じゃあ『監視者《ウォッチャー》』ってのは……」

「言ったじゃろ。『試験官』みたいなものじゃと。シロが会ったのは【同盟】側のヤツじゃろう。奴《やつ》らの大勢力は地球人が宇宙に進出することに反対しているからの。基本的に厳しい試練を当ててくるのは大概《たいがい》そっちじゃ」

てことは、あの場にいた僕《ぼく》以外の、レン、ガルガドさん、ジェシカさん、アイリス、ユウの五人は地球人ってことなのかな？

リーゼのように宇宙人のプレイヤーにも『監視者《ウォッチャー》』は試練って与《あた》えるのか？

「私みたいに普《ふ》通《つう》のプレイヤーとしてログインしている者は仕事じゃなく、『DWO《デモンズ》』を私的に楽しみたいからログインしているの。もちろん運営側にも知り合いはいるけど、そこは公私混同しないから。もちろん【同盟】の側も同じ。でも【帝国】は……」

ちらりとリーゼがミヤビさんに視線を向ける。

「あの世界で【帝国】の者はほとんどプレイヤー側ではないし、他の地球人プレイヤーに干渉《かんしょう》もしてはおらん。決められた箱庭《シークレットエリア》でのんびりとしておるだけじゃ。ま、招かざる客が来たりもするがの」

……それって僕のことですかね？

いや、ひょっとして、シークレットエリアとして見つかったケット・シーの村とかって、【帝国】の人たちだったのかもしれないな。

「リーゼのところの【連合】は地球をどう考えているの？」

「慎重論《しんちょうろん》もあるけど、友好派が圧倒的に多いかな。私たち【連合】はいろんな種族が多いから、他の星とはなるべくうまく付き合っていこうって方針なの。まあ捕食者《プレデター》とか、殺戮機族《キリングマシン》とか、どうしても仲良くなれない種族もいるけどね」

それはまあ……僕も仲良くしたくはないな。

まあ、リーゼの【連合】は地球人に友好的、と。じゃなきゃ一緒に『DWO《デモンズ》』を開発したりはしないか。

とりあえずわかったことを整理してみよう。

■地球には宇宙人がけっこうお忍《しの》びで来ている。
■銀河には大きな三つの組織、【惑星連合】、【宇宙同盟】、【銀河帝国】がある。
■リーゼは【惑星連合】の下っ端調査員、ミヤビさんは【銀河帝国】の女皇帝。
■『DWO《デモンズ》』は宇宙人と地球人が共同で開発した。
■『DWO《デモンズ》』のNPCは全員宇宙人が宇宙からログインしている。
■『DWO《デモンズ》』を利用して、『監視者《ウォッチャー》』とやらが、地球人を観察している。
■宇宙人は地球のどこの国とも組織的には繋《つな》がりはない。
■宇宙人たちは地球人が宇宙に進出することについてどうするか意見が分かれている。
■ミヤビさんの【銀河帝国】は基本的にはプレイヤーに不干渉。
■【宇宙同盟】は地球人が宇宙に進出するのをあまりよく思っていない。
■リーゼの【惑星連合】は概《おおむ》ね友好的。

……いろんなことがわかったけど、相変わらず頭は混乱している。

これらを知った僕はどうすればいいんだろう……。

「変に吹聴《ふいちょう》せんほうがいいぞ。頭がおかしくなったと思われるし、過激派に目をつけられるかもしれんからな」

「え⁉　過激派ってなに⁉　危険なの、僕⁉」

ミヤビさんは万が一に備えて、とうちにノドカとマドカをボディガードに置いていった。

それはこのことを知った僕に、なにかしら危険があるということで。

まあ、そのボディガードたちはリーゼの持ってきた肉じゃがをがつがつと食べてますが！　おい、せめて皿によそってから食べろ。鍋からダイレクトに食べるんじゃない。

「いるんじゃよ。中には危険な芽なら今のうちに摘《つ》んでしまえ、という輩《やから》が」

「え、それって人類を絶滅《ぜつめつ》させてしまえってこと……？」

「あ、あくまで一部の人たちだよ⁉　ほんとに少数の意見だから！　理由もなくそんなことをしたら、とんでもないことになるから誰も賛成しないよ！」

リーゼがフォローしているが、それって理由があればやっちゃうってことじゃないの？

大丈夫《だいじょうぶ》か、地球……。

「安心せい。そのようなことはわらわがさせぬ。地球《ここ》にはいろいろとしがらみもあるしのう。……さて、そろそろ母船《うえ》に戻るとするか。お前たち、ちゃんとシロを守るんじゃぞ？」

「了解《りようかい》です！」

「了解なの！」

食卓《しよくたく》の椅子《いす》に乗ったまま、びしっ、と敬礼をするノドカとマドカ。この二人も【帝国】の一員なんだよなあ……。しかも皇帝の側近ってことは、けっこう身分の高い子たちなのかもしれない。

「じゃあまたの」

目の前でミヤビさんが光に包まれたと思ったらふっと跡形《あとかた》もなく消えた。……いま消える直前に、棚《たな》からもう一本ブランデーをくすねていったよな？　本当に宇宙の皇帝か、あの人!?

仕方ない。僕が割ったことにして父さんには謝《あやま》ろう……。

僕がそんなことを考えていると、リーゼが大きく息を吐《は》いて、その場にへたり込んだ。

「っ、ぶはぁぁぁぁ——————……………っ！　こ、殺されるかと思った…………！」

真っ青な顔をしてリーゼが自分の身体をかき抱《いだ》く。いや、殺されるって大袈裟《おおげさ》だな。

「白兎君《はくと》はあの人のこと知らないから！『帝国の女皇帝』っていったら、武力で数多《あまた》の逆らう星々を潰《つぶ》してまとめ上げた、伝説の暴君だよ!? あの人が本気になったら、地球なんか一人で制圧されちゃうよ！」

「え、マジで……？」

「マジで。それもなんの装備もなく、素手《すで》でやってのけるよ。アメリカ大陸くらいなら二秒で焦土《しょうど》と化すと思う」

ちょ……！ 秒って!? 単位がおかしくないですかね!?

あの人はなんだ、宇宙最強生物か!?

「ミヤビさんに対抗《たいこう》できるやつっているの……？」

「何人かはいると思うよ。宇宙には肉体も寿命《じゅみょう》もない全知全能な高次元生命体もいるから。まあ、そういう種族ほど、他の異星人と関わらないんだけどね」

リーゼの言葉にあらためて宇宙のトンデモなさを痛感した。

とりあえず落ち着くために、自分とリーゼの分のお茶をいれる。焙《ほう》じ茶《ちゃ》だ。双子らにはアップルジュースでいいか。

しかしリーゼが宇宙人ねえ……。普通に人間に見えるけど、ひょっとしてこの姿も擬態《ぎたい》とか？

ジッと見てたのを気付いたリーゼが湯呑《ゆの》みを置いてこちらへと視線を向ける。

「なに？」

「あ、いや、その姿って地球人に似せてるのかな、って……。ほら、テレビや映画とかだとタコのような姿とか爬虫類型《はちゅうるい》とかいろいろいるじゃない？　リーゼも変装とか変身とかしてるの、かな、って……」

そう言いながら、僕の言葉はだんだんと尻《しり》つぼみになっていく。リーゼの正体がいかにも『宇宙人』という姿だったとしたらどうしよう、と思ったからだ。姿形なんか関係ないとは思うけれども、その姿を見て驚かない自信はない。

僕の言葉を受けて、リーゼが手首のブレスレットに指を走らせる。

瞬間《しゅんかん》、リーゼが光に包まれ、すぐさまその光が弾《はじ》けるように消える。

そこにはパッと見は変わらぬ姿のリーゼがいたが、髪《かみ》の毛《け》は白く、耳が少し尖《とが》り、両目がルビーのように赤くなっていた。額と喉元《のどもと》に宝石のような結晶体《けっしょうたい》が見える。

「これが本当の姿。私は『エルファン』って星の出身で、『エルファン人』ってことになるのかな、こっちでは。【連合】でも二番目に多い種族なの」

「エルファン人……」

少し驚いたが、あまり地球人と変わらぬ容姿に、僕はどこかホッとしていた。不定形生物とか、毛むくじゃらの雪男みたいだったら思わず声を上げていたかもしれない。それは

リーゼに対して失礼だろう。

そんなんだから、宇宙の人々に地球人は未熟な種族と呼ばれるのかもしれないなあ。

「あ、ひょっとして私が本当はとんでもない姿なんじゃと思った？」

「う……。いや、その」

僕がホッとしていたのを察したのか、リーゼがいたずらっぽい視線を向けてきた。

「基本的にこういった未発達の星に降りる者は、同じようなタイプの種族が選ばれるの。その方が話がしやすいし、忌避《きひ》感も少ないしね。まあ、中には動物のような姿で接したり、原住民の肉体を借りることもあるけど」

肉体を借りるってのはどういうことですかね……。聞いてみたいけれど、なんか怖《こわ》い気がするのでやめておく。

「そこの子たちや、さっきの女皇帝なんかはあの姿が基本だけど、本気の時の戦闘《せんとう》形態とかでまた姿が変わるって聞くし……」

「見せるです？　おうち吹《ふ》っ飛びます」

「吹っ飛ぶの」

「頼《たの》むからやめてくれ」

変身型の宇宙人ってやつなの？　種族によっちゃ服を着替《きが》える感覚で変身できるのかも

しれないけど、その度に家を壊《こわ》されちゃたまらん。

リーゼが焙じ茶を飲み終わるとふうっ、と息を大きく吐いた。

「とにかく今日はもう疲《つか》れたから帰るよ……」

「あ、ああ。お構いもしませんで……。そういえば隣の……リーゼの伯父《おじ》さんと伯母《おば》さんって……」

「あ、うん。ちょっと記憶《きおく》を改竄《かいざん》して、姪《めい》ってことにしたの。学校の方もそんな感じで」

記憶を改竄……。あのヒーロースーツの宇宙人や、『監視者《ウォッチャー》』がやったのと同じような技術なんだろう。そんな力があるなら地球を裏から操《あやつ》るようなことも簡単なんだろうな。

ミヤビさんの言う通りならそんな状況にはなってないみたいだけど。

玄関までリーゼを送る。

「とりあえずこのことについては黙っておくよ……殺されたくないし。でも【帝国】も裏でなにか動いているみたいなんだよね……。私たちの邪魔《じゃま》をするとか、『DWO《デモンズ》』でなにかしようとか、そういうことじゃないみたいだけど」

【帝国】が？　ミヤビさんのところも一枚岩じゃないということなのだろうか。臣下が勝手に動いているとか？

でもミヤビさんがそんな勝手を許すかね？　となると………いやいや。首を突《つ》っ込むのはよそう。僕には関係ないことだ。

「シロお兄ちゃんお腹《なか》減ったです！」

「お腹減ったの！」

キッチンから空腹児の声がダブルで聞こえてくる。お前らさっき肉じゃが食ったろ……。

「じゃあ、これで。また『DWO《デモンズ》』で」

「ああ、また」

ドアを閉めてリーゼが去っていく。

ふう……。いろいろととんでもない情報が飛び込んできて、熱が出そうだ。どうしたもんやら。

「お腹減ったですー」

「お腹減ったのー」

こっちもどうしたもんやら。なにか冷凍《れいとう》食品とか、手軽なものがなかったかねえ。

DWO:05:04　氷の洞窟

【Game World】

「いつにも増してひでぇ顔だな」

「よし、その喧嘩《けんか》買った」

「だからそういう意味じゃねえって！」

机の上でぐったりとしていると奏汰《かなた》が喧嘩を売って……話しかけてきた。いや、自分でも疲れているのは自覚できているんだけど。

「ねえ、リーゼ。リーゼもなんか疲れてない？　髪とかボサボサだよ？」

「ううー……いろいろあって心労が……」

ちらりと横に視線を向けるとリーゼも机に突っ伏《ぷ》して、遥花《はるか》に心配されていた。

無理もない。あんな脅《おど》しをかけられたんじゃな。自分の望む望まないにかかわらず、秘密を抱《かか》え込むってのは苦しいもんだ。

ここ数日、いろんなことが起こりすぎて僕も混乱気味だ。

どこかまだ信じられないところもある。宇宙人とかホントなのかね、と。ステレオタイプのタコのような宇宙人とかなら一発で信じたかもしれないが。

まあリーゼの話だと、その星の原住民にできるだけ似た種族が降りてくるらしいから、地球の場合火星人パターンはなかったのだろう。

隣のリーゼを眺《なが》める。この子が宇宙人ねえ……。

リーゼと視線がぶつかる。なんとなく気まずくなってどちらともなく目を逸《そ》らした。

「二人ともなんか変……。こっ、これはもしや、二人の間になにか進展があった⁉　恋《こい》なの⁉　恋の始まりなの⁉」

「違《ちが》う」

「ちぇー」

リーゼとユニゾンした否定の言葉に遥花が唇《くちびる》を尖らせる。そんな話ならどんなに楽か。

地球征服《せいふく》とかはない、とは言うけど、どこまで信用できる話か僕にはわからない。過激派とやらもいるらしいし。

しかも【連合】、【同盟】、【帝国】、それぞれがなにか含むところがありそうなんだよな……。他の組織を出し抜《ぬ》こうとしているというか。

はぁー……。宇宙から銀色の巨人《きょじん》でもやってきて三分くらいでパパッと解決してくんないかなぁ。

◇　◇　◇

授業が終わり、帰路に就く。当然というか、僕とリーゼは同じ道を帰る。お隣さんだからな。

帰ったら『DWO《デモンズ》』にログインだ。あー、その前に夕食の買い物してかないとな。ノドカとマドカは好き嫌《きら》いがないようだけど、今日はなににしたもんか。僕一人ならスーパーの弁当でいいんだけど……。

夕飯の献立《こんだて》を思い浮かべる僕に、隣を歩いていたリーゼが突然《とつぜん》声をかけてきた。

「あ、思い出した。白兎君《はくと》、前にお守り見せてくれたよね」

「ん？　これ？」

首元から紐《ひも》にぶら下げたお守《まも》り袋《ぶくろ》を取り出す。百花《ももか》おばあちゃんからもらった龍眼《りゅうがん》だ。これがどうかしたのか？

「それね、『レガリア』って言って、ある星の王権の証なの。その持ち主は『王』としての資格を有する……つまり王位継承権《けいしょうけん》を持つという証なんだけど……」

「……は？」

コロンと手のひらに出した龍眼を持ったまま、僕は固まってしまった。レガリア？　王権の証？　なにそれ？

「ちょっ、ちょっと待て！　これ、宇宙人の物なのか!?」

「たぶん……だけど。私も本物を見たことはないからなんとも言えない。白兎君にはそのレガリアに『瞳』が見えるんでしょう？」

「瞳……っていうか、猫《ねこ》とか爬虫類の眼のような縦筋が見えるだけだけど」

そう答えると、リーゼは僕の手のひらに乗った龍眼を、じっ、と見つめて、やがて小さく息を吐いた。

「やっぱり私には見えない。間違いなく『レガリア』は白兎君に結びついているよ。たぶん、それ捨てても盗《ぬす》まれても白兎君のところへ戻《もど》ってくると思う」

怖っ!?　なにそれ!?　呪《のろ》いのアイテムかい！

龍眼は透《す》き通った翡翠色を夕陽《ゆうひ》に輝《かがや》かせ、その名の通り、まるで龍の眼のようにこちらを見ているようだ。これが王権の証？　だとしてもなんで地球に？

「百花おばあちゃんの話だと、平安の時代にうちの御先祖《ごせんぞ》様が地上に落ちた龍を助けたお礼としてもらったって言ってたけど……」

「平安時代……今から八〇〇～一二〇〇年前だっけ？　たぶんその落ちた龍って漂流者《ドリフターズ》だったんじゃないかな……。今までに地球に不時着した宇宙人も何人かはいるの。私たちに救助されればいいんだけど、遅《おそ》くなると現地の人に殺されてしまうこともあったらしいからね。白兎君の御先祖様が助けたってのはそういうことなんじゃないかと思う」

御先祖様が地球に墜落した宇宙人を匿《かくま》ったたってことか？　それでお礼にこれをもらった？

「だからってレガリアを渡《わた》すってのはちょっと信じられないんだけど……瞳が見える以上、ちゃんと継承《けいしょう》されてるってことだし、無理矢理《むりやり》簒奪《さんだつ》したわけじゃないってことだし……」

「これってそんなすごいものなのか……？」

「当たり前でしょ。日本でいうところの『三種の神器』みたいなものだよ？　天皇陛下が外国で道に迷ったからって、現地の人にお礼にあげちゃうものだと思う？」

ありえない。それ以前に外国で迷子って時点で非常事態だけれども。

そんなものを僕が持っていていいのか……？　いや、捨てても戻ってくるんだっけか。

「次に母艦《ふね》に行ったときに調べてみるよ。とにかくそれはあまり見せびらかさない方がいいと思う。野心のある宇宙人が寄ってくるかもしれないから。銀河の果てまで拉致《らち》されたくないでしょう？」

おっかないな！　百花おばあちゃん、なんちゅうもんをくれたんだ……！

宇宙へ拉致なんてシャレにならない。僕は龍眼をお守り袋へ入れて、服の中へと戻した。

なにかい？　ウチの血筋は宇宙人と関わることになる呪いでもかかっているのだろうか？

これって偶然《ぐうぜん》なのかね。今の状況では判断しようもない。今度百花おばあちゃんのところに行って詳しい話を聞いてみよう。

リーゼと別れ（まあ、あとで『ＤＷＯ《デモンズ》』で会うのだが）、スーパーへと夕食の食材を買い出しに行く。今日は手の込《こ》んだものを作る気力がない。スパゲッティあたりで勘弁《かんべん》してもらおう。お詫《わ》びとして油揚《あぶらあ》げも買っていく。いや、狐ってコレ好きそうじゃん……。

「ふおああっ⁉　美味《おい》しいです！」

「ふわああっ⁉　美味しいの！」

「そ、そか。そりゃよかった……」

油揚げのチーズ焼きは好評だった。二人ともがつがつと夢中になって食べている。こら、いなり寿司《ずし》とか出したらとんでもないことになるんじゃないかね……？

◇　◇　◇

ログインすると、ギルドホームの自室にはノドカとマドカの姿はなかった。あれ？　あの子らもログインしたはずだが。【天社《あまつやしろ》】の方に行ったのか？

まあ、そもそもあの子らはギルドメンバーじゃないしな。あくまでゲスト扱《あつか》いで、立ち位置としてはNPCということになる。

この『DWO《デモンズ》』にはNPCという存在はいないという、隠《かく》された真実があるんだけれども。

あれ？　そういやガイドキャラクターのデモ子さんも中に人がいるのだろうか？　かな

り喜怒哀楽《きどあいらく》の激しいキャラだったけれど。……ま、いいや。

僕は自室を出てリビングの方に行ってみたが誰《だれ》もいなかった。あれ？　レンとウェンディさん、あとリンカさんはログインしているはずなのにな。

中庭の方から声がしたので行ってみると、隅《すみ》の方に造った修練場にみんなが集まっていた。

ドスッ！　と壁際《かべぎわ》に立てられた藁《わら》人形に矢が刺《さ》さる。放ったのはレンだ。しかし、手にしているのは弓矢ではない。

木製の弓床《ゆみどこ》、その先端《せんたん》に交差するように弓が取り付けられた、いわゆるクロスボウだ。構えたレンが再び引き金を引く。真《ま》っ直ぐに飛び出した鋭《するど》い矢は、またも藁人形に突き刺さり、藁人形の頭上にダメージ値がポップする。おお、結構高いな。

あの藁人形はギルドポイントで買える、ダメージ値を測定するためのアイテムである。どんなに斬《き》ろうが叩《たた》こうが壊れることはない。

「すごいですね。一発の威力《いりょく》なら今の装備よりこちらの方が上です」

「素材も今ある一番いいものを使った。威力は当然」

レンの言葉にドヤ顔でリンカさんが答える。リンカさんが作ったんだな、あのクロスボウ。ははあ、さっそく【魔工学《まこうがく》】スキルを試《ため》してみたってわけか。

「あ、シロさん」

「や。すごい威力じゃないか、その弓」

「はい。本当のクロスボウと違って装填《そうてん》も一瞬《いっしゅん》ですから連射もできます。ただ、スキルがないので専用の戦技が使えないんですけど」

あ、そうか。レンの持っている弓のスキルは【弓の心得】から派生した【長弓術《ちょうきゅう》】である。僕が剣《けん》を持ってもミウラの持つ【大剣術《たいけん》】の【回転斬《ぎ》り】ができないように、レンも長弓ではないクロスボウでは【長弓術】のスキルは使えない。

「クロスボウって何に分類されるんだ？」

「鑑定《かんてい》ではクロスボウは【機械弓】。たぶん【機械弓術《きゅうじゅつ》】。固定武器から習得できる特殊《とくしゅ》戦闘《せんとう》スキルで、【盾《たて》の心得】と同じなんじゃないかと思う」

なるほど。リンカさんの説明を聞いて納得した。

戦闘スキルを覚えるにはスキルオーブを使うか、元々持っていたスキルから別に派生させる方法がある。それとは別に同じ武器を使い続けると生まれる特殊《とくしゅ》な戦闘スキルがあるのだ。

有名なところだと【盾の心得】だ。これは最初のキャラメイクで手に入れることができるスキルだが、それ以外で手に入れるには、盾を使用し続け、熟練して習得する必要がある。

例えば【槍《やり》の心得】は【長槍術《ながやり》】と【短槍術】などに分かれるが、【短槍術】を選んだ場合、盾を装備することができるので、後から【盾の心得】を習得することが可能なのだ。【盾の心得】があれば【シールドガード】、【シールドバッシュ】といった戦技を使えるようになる。

「まったく戦技が使えないわけじゃないよね？　一応これも『弓』に分類されるわけだし」

「はい。【ストライクショット】などの【弓の心得】の戦技は使えます。ただ、【トライアロー】のような、拡散系や範囲《はんい》攻撃《こうげき》ができないんですよ」

むう。威力は上がったが、このままだと範囲攻撃ができないのか。それは痛いな。

「お嬢様《じょうさま》。しばらく使用して、【機械弓術】を習得できるか試してみてはどうでしょうか。そちらなら範囲攻撃の戦技もあると思います」

「そうですね。どうしても範囲攻撃が必要な時は長弓に切り替《か》えればいいわけですし。やってみます」

レンが小さく拳《こぶし》を握《にぎ》りしめて決意を表明する。【機械弓術】か。長弓より小回りがききそうだし、より精密な射撃《しゃげき》が期待できるかもしれないな。

僕がそんなことを考えていると、リンカさんがこちらを向いて話しかけてきた。

「シロちゃんに頼みがある。私は銃《じゅう》も造りたい」

「銃⁉　そんなものまで造れるんですか。すごいな、【魔工学】……」

「それにはまだ熟練度が足りないけど、素材も足らない。なんと言ってもまず、『火薬』がない。どこかで手に入れられない？」

そんなこと言われてもなあ。いくら『調達屋』と言われている僕でも『火薬』なんてもんはお目にかかったこともない。使われているの見たことないしな。【調合】スキルで作れるのかもしれないが……。あるいは【錬金術《れんきんじゅつ》】……あ！

あるじゃないか！　グラスベン攻防戦《こうぼうせん》でグリーンドラゴンを倒《たお》した時にもらった『炸裂《さくれつ》弾《だん》』！　あれなら近いものができるんじゃないか？

さっそく僕はあの『炸裂弾』の作り手、ギルド【カクテル】の錬金術師《れんきんじゅつし》、キールさんにチャットで連絡《れんらく》を取った。

◇　◇　◇

『「炸裂弾」の爆発《ばくはつ》は火薬じゃなくて「爆弾石《ばくだん》」って素材を使っているからなあ。「火薬」はよくわからん。噂《うわさ》だと「魔硝石《ましようせき》」、「硫黄《いおう》の玉」、「木炭」を【調合】するとできるらしいが、この中じゃ木炭以外はまず手に入らない。ランダムボックスか、ガチャで手に入れるしかないんだ』

むう。どうやらかなり入手困難なようだ。『火薬』自体もランダムボックスかガチャで手に入る可能性はあるのだろうけど。あとはオークションか。

『だが「魔硝石」は【錬金術】で作れるからウチで都合してもいいぞ』

お、それはありがたい。となると、必要なのは『硫黄の玉』か。

『普通、硫黄といったら火山帯だが……まだ「DWO《デモンズ》」では見つかってないしな。いや、正確には【怠惰《たいだ》】の領国では、か。【傲慢《ごうまん》】の第四エリアには火山帯もあるって話だし。【怠惰《こっち》】とはまるきり反対だよな』

こっちは雪山だからね。【傲慢】の第四エリアには火山帯があるのか。なら向こうのプレイヤーなら持っている人がいるかもしれない。

領国が違うプレイヤー間でのトレードは、（今現在）普通なら無理だが、僕には【セーレの翼《つばさ》】がある。

それにちょうど【傲慢】には遥花《ハル》と奏汰《ソウ》がいる。情報を集めるには事欠かないだろう。

方針は決まった。キールさんにお礼を言って、チャットを切る。すぐさま今度はフレンド登録しているハルへとチャットを繋ぐ。

『はいはーい。ハルですけどもー』

「あ、ハルか？　シロだけど。ちょっと相談があるんだけど、【傲慢《そっち》】に行っていいかな？」

『ん？　まあいいけど、レンちゃんやリゼルたちも？』

「あー、うん。リゼルも後で来るからそれから向かう。えーっと、『ライオネック』のポータルエリア前で」

『りょうかーい』

ハルとのチャットを切る。『ライオネック』は【傲慢】にある第二エリアの町だ。というか、ここしか【傲慢】の町は登録してない。

ハルとのチャットを切ってすぐにリゼルがホームにやってきた。今日はミウラとシズカは休みらしいから、この五人で【傲慢】の領国へ向かうとしよう。

ギルドホームのポータルエリアから、【傲慢】第二エリアの町『ライオネック』へと【セーレの翼】でパーティ転移する。

目の前に賑《にぎ》やかな広場が展開し、僕らは【傲慢】の領国へと足を踏《ふ》み入れた。

「へぇー。【傲慢】の領国って言っても【怠惰】の領国とあんまり変わらないんだね」

リゼルがライオネックの街並みを見ながらそんな感想を漏《も》らす。おいおい、まだ世間的には領国を跨《また》いだプレイヤーはいないみたいなんだから、言葉には気をつけた方がいいぞ。まあハルやソウのように、リアルでの知り合いがいなければ、バレることはほぼないと思うけども。

「あっ、ハルだ！　おーい、こっちこっちー！」

リゼルがハルを見つけたのか、大きく手を振《ふ》っている。やがてハルが人混みの中から僕らの方へ駆《か》けよってきた。お供に白い狼《おおかみ》を連れている。僕と同じ名前のホワイトウルフのシロか。

でっかくなったなあ、お前。前は子犬くらいの大きさだったのに、すっかり狼っぽくなって。レベルが上がったんだな。

「リゼル！　レンちゃんたちも久しぶり！　えっと、こっちの女の子は？」

ハルがリンカさんを見て首を傾《かし》げる。あれ、初対面だったたか？

「ああ、この人はリンカさん。【月見兎《うち》】のギルドメンバーで、『鍛冶師《メタルスミス》』だよ」

「よろしく」

「おおー、生産職だね！　シロくんが素材を調達してリンカさんが造ってるんだ！　なんかすごい武器持ってそう！」

うん、まあ、あながち外れてもいない。先のエリアから手に入れた素材と、リンカさんの振るう『魔王の鉄鎚《ルシファーズハンマー》』によって、僕らの武器は普通のプレイヤーが造る武器より高性能だから。今回もそれ絡《がら》みでの素材集めだしね。

とりあえずどこか話ができるところへ移動しようと、僕らはハルの後を付いていった。

ライオネックの町の大通りを抜け、ハルは中心部から離《はな》れていく。

やがて町外れの丘《おか》の上にある、見晴らしのいい高台に僕らはたどり着いた。

そこには大きな洋館風の喫茶店《きっさてん》がポツンと建っていた。喫茶店のガラスにはシールで店名が貼《は》られている。

「『カフェ・フローレス』……？　あれ、『フローレス』って……」

「そう。ここが私たちのギルド【フローレス】の拠点《きょてん》ギルドホーム、カフェ・フローレスだよ！」

ハルの所属するギルド、【フローレス】。その拠点に僕《ぼく》らはお邪魔することになった。

◇　◇　◇

「いらっしゃいませー……って、なんだ。ハルかぁ」

カウンター席に突っ伏していた少女がハルを見て肩《かた》を落とし、再びカウンター席に突っ伏してしまう。

「なんだ、ってのはご挨拶《あいさつ》だねー。お客さんを連れてきたのにさ」

「いらっしゃいませ！」

僕らが中へと入るとカウンターにいた【妖精族《アールヴ》】少女は、再び立ち上がり、今度は元気よく挨拶をかました。

そのままいそいそと店側のカウンターの中へと入る。

「みんな、コレが【フローレス】のギルマス。名前はメルティ」

「コレってゆーな。ハルの友達？　初めまして、ギルド【フローレス】のギルマスやってます、メルティです」

メルティと呼ばれた少女はカウンターの中で頭を下げる。

金髪《きんぱつ》の長い髪を三つ編みでひとつにまとめ、白いブラウスの上には臙脂《えんじ》色のエプロンをしている。年《とし》の頃《ころ》は二十歳《はたち》前……十八か十九ってところかな。僕らとそれほど変わらないだろう。

僕らはそれぞれ名乗りを上げて自己紹介《しょうかい》をする。

「まあまあ、座《すわ》って座って。いま紅茶淹《い》れるから」

「淹れるのは私なんだけど」

ハルに文句を言いつつも、メルティさんはコポコポとお湯を沸《わ》かし始めた。

ハルに言われるままに僕らはテーブル席の一つに腰《こし》を下ろす。

「んで？　相談ってのはなに？　なんか面白《おもしろ》いこと？」

「面白いかどうかはわからないけどね。『硫黄の玉』ってアイテムを探してるんだけど、知らないか？」

「『硫黄の玉』？　硫黄の玉、硫黄の玉……。メルティー、硫黄の玉って知ってるー？」

ハルには思い当たらないらしく、振り向いてカウンター奥《おく》にいたメルティさんに声をかけた。

「んー？　硫黄の玉？　あれって確か『イエローコカトリス』が落とすドロップアイテムじゃなかったっけ？　【ドリエフ温泉郷】にいるやつ」

「あー、あいつかあ」

『イエローコカトリス』……聞いたことないモンスターだ。【傲慢《こっち》】にしかまだ出現していないモンスターかな。

「メルティ、『硫黄の玉』って手に入るかな？」

「うーん、『イエローコカトリス』自体が厄介《やっかい》なモンスターで、みんな戦いたがらないからねえ。さらにアレってレアドロップだからさ。しかも使い道がまだよくわからないから、店にも並んでないんだよ」

むむ。確かに使い道がよくわからない希少アイテムなどは、初心者だとすぐに売ってしまうが、こういったゲームのベテランはインベントリに入れて取っておくことが多い。あとあと必要になる可能性がゼロではないからだ。

よほどバカみたいにゲットできるなら話は別だが、それ以降手に入るかわからないなら、僕だって取っておく。

『硫黄の玉』から『火薬』ができるのはわかっても、その『火薬』を使って武器を作ろうとしているプレイヤーはまだ少ないのだろう。いや、作ろうとはしてるけど完成してない、か。下手にバラすと入手がさらに困難になるって理由もあるのかもしれないが。

「となるとその『イエローコカトリス』を倒して手に入れるしかないですね」

「でもねー、『イエローコカトリス』って石化能力を持ってるんだよね。口から吐く石化ガスを食《く》らうと一発で石になっちゃうんだ」

レンの言葉にハルがうんざりした顔で答える。状態異常にする攻撃《こうげき》を持つモンスターか。

石化ってのは初めて聞くな。

「石化するとどうなる？」

「動けなくなる。これが地味にキツいんだよ。一瞬で全身が石になったあと、少しずつＨＰが削《けず》られていくんだけど、死に戻りするまで時間がかかるのなんの。ログアウトすると石化ダメージが止まるから、ログインしたら石化状態からの続きだし、自分じゃなにもできない。味方がいたら『蹴《け》り倒してくれ！』って粉々にしてもらうほどなんだ」

うわぁ……。なにもできずにただ突っ立ち続けるってのは辛《つら》いなあ。仲間に死に戻りさせてもらいたくなる気持ちもわかる。

しかもＨＰが多ければ多いほど、石化で死ぬには時間がかかるんじゃないのか？　ソロだったら最悪だな……。

聞いてみたら僕くらいのＨＰでも一時間くらいかかるらしい。

「石化してからコカトリスにやられたりはしないのか？」

「やられない。あいつ、相手を石化させたら興味なくすんだよね。そのままどっかいっちゃう。あ、仲間が無事ならその戦闘に巻き込まれて死に戻れるかもしれないけど。あたしらの時は一回全員石化しちゃって酷《ひど》い目にあった。全員が死ぬまで二時間くらいかかったよ。ずっとチャットしてたけど」

二時間もか……。しかもそのあとデスペナタイムだろ？　ものすごく無駄《むだ》な時間を過ごすことになるよな。人気がないのもよくわかる。

「石化からの回復方法はないのですか？」

「これが今のところ見つかってないの。【回復魔法《まほう》（上級）】ならできそうだけど、まだ回復魔法は中級までしか見つかってないからねー」

ううむ。ウチだとレンが持つ回復魔法は【回復魔法（初級）】だしな。これでは石化を回復はできないだろう。

ポーションの類《たぐい》で石化を解く物がありそうな気はするけどさ。あいにくと心当たりはない。

「つまり石化されたら諦《あきら》めろ、ってことか」

「身も蓋《ふた》もないけど、その通り。そういう理由であまりイエローコカトリスは狩《か》りの対象にならないの。あたしらも一回しか倒してないし。つまり硫黄の玉もほとんど出回らない、ってわけ」

となると硫黄の玉が欲《ほ》しければ自分たちでコカトリスを倒すしかないんだけど……。コカトリスがいる【ドリエフ温泉郷】って【傲慢】の第四エリアなんだよなぁ。

そこに行くには【傲慢】の第二エリア、第三エリアのボスを倒さないと行けないわけで。

【セーレの翼】で行ったことがあるから、『魔王の鉄鎚《ルシファーズハンマー》』を見つけた【傲慢】の第五エリアならいけるんだけれど。

第五エリアにもコカトリスはいるかもしれないが、レベルが高そうだし、倒すのは無理だろうなあ。

【セーレの翼】で手当《てあ》たり次第《しだい》跳《と》んで、運良く【傲慢】の第四エリアに行ければ……って、それも大変だよねえ。一日五回しかランダム転移はできないしさ。

「どうにかして手に入らないかな。報酬《ほうしゅう》は弾《はず》むからさ」

「うーん、なんとかしてあげたいけどねえ……」

「報酬はAランクの素材を使った装備一式。おまけで付与《ふよ》宝玉も付ける」

「「えっ!?」」

突然のリンカさんの言葉に、ガタッ、とハルが立ち上がり、カウンターの中にいたメルティさんがティースプーンを落とした。

「え、え、え、Aランク素材の装備!? それ本当!?」

「本当。【月見兎《うち》】の装備はみんなAランク素材の装備。全部私とレンが作った」

「ど、ど、どうしてそんなにレア素材が……!」

「うちには『調達屋』がいるから」

リンカさんがドヤ顔で答えてますけど、僕のことですよね、それ。メルティさんにはわからないだろうが、ハルは察したらしく、僕の方を見ていた。

「ちなみにこういうのがある」

リンカさんがインベントリから何個かの武器を取り出す。『鑑定済』になっているその武器を見て、ハルとメルティさんはずっと口を開けたままにしていた。

「こっ、これを譲《ゆず》ってくれるの？」

「それでもいいけど、私がちゃんと希望に添った武器を作ってもいい」

「布装備なら私が作りますよ。もちろんこっちもAランク素材で」

リンカさんに続いてレンも名乗りを上げる。非金属の防具類ならレンの独壇場《どくだんじょう》だ。まあ、革鎧《かわよろい》となるとリンカさんのテリトリーになるし、革系統はモンスターを倒さにゃならんので、Aランク素材は難しいが。

スノウを連れてけば倒してもらえるかもしれないけど、あいつ気まぐれ屋だからなぁ……。

「……とまあ、そういうわけだけど、どう？」

「「やる！」」

食い気味にハルとメルティさんが勢《いきお》い込んで承諾《しょうだく》した。よし、商談成立だ。

「……のはいいけど、硫黄の玉ってどれだけいるの？」

「とりあえず一つでも。それ以降は一つごとに装備を一つってことで」

リンカさんの言葉を聞き、ハルとメルティさんが相談を始めた。

「【フローレス】は六人だから最低でも六個は欲しいわね……。防具もとなるとそれ以上か。フレンドに連絡回《う ち》して、持ってる知り合いがいないか、しらみつぶしに当たってみるか……」

「ギルド依頼《いらい》として出してもいいかもね。ソウのところの【銀影騎士団《ぎんえいきしだん》】ならコカトリスも楽に狩れるかも」

「あれ？　そうなの？　ならソウの方にも頼《たの》む……」

「「それはダメ！」」

ハルとメルティさんの二人にものすごい形相で睨《にら》まれた。いや、あとでソウにバレたらうるさく言われるぞ……。こうなった以上、僕も口を噤《つぐ》むしかないが。

こっちとしては方法はどうあれ、硫黄の玉が手に入りゃいいわけだし。すまん、ソウ。

「よかった。なんとか集まりそうだね」

「いや、Aランク素材を集めるのは僕なんで、あんまり喜べないんだけどね……」

リゼルにため息混じりに僕が答える。ギルド共用のインベントリには何個かストックはあったはずだが、間違《まちが》いなく足りないよなぁ。

また素材探しの旅か……。

「あ、そうか。【セーレの翼】が進化したから、もう一人で集めなくてもいいのか」

「え？　構いませんけど、私たち【鑑定】や【採取】【採掘《さいくつ》】持ってませんよ？　見つけるのに時間がかかりますけど、大丈夫《だいじょうぶ》ですか？」

しまった、それがあったか……。レンに言われてがっくりと僕は肩を落とす。

【採取】【採掘】系がないと素早《すばや》く素材を見つけることができない。いや、別にゆっくりやってもらっても構わないんだ。普通《ふつう》の場所なら。

だけどAランク素材をたくさん集めるってことは、当然今よりも先のエリアになる。のんびり集めてなんかいたら、間違いなくハイレベルモンスターの餌食《えじき》になってしまうだろう。

【採取】【採掘】スキルは店で売ってるから取得は難しくないが、熟練度が上がるのが遅いからな……。

襲《おそ》ってくるモンスターに関してはいざとなったら【セーレの翼】のビーコンを使って全員で緊急避難《きんきゅうひなん》とかできるけど、誰かが危ないたびに戻る手間を考えると……。うん、僕一人でやった方が早いかも……。

まあ仕方ないか。これも新しい武器を作るためだ。本当に銃なんてものができれば面白いしさ。

◇　◇　◇

「いったか……」

僕は隠れていた岩場から身を出して止めていた息を吐《は》き、その場にへたり込む。

ここは【嫉妬《しっと》】の第五エリア、【ギャラガ大洞窟《どうくつ》】。ハルたちに支払《しはら》うAランク装備の素材を僕が採掘していると、以前【憤怒《ふんど》】の第五エリアで見かけた電車ほどもある、とんでもなく大きな苔《こけ》だらけの蛇《へび》がこちらへとやって来るのを察した。奴《やつ》は鼻が曲がるほど臭《くさ》いので、遠くからでも接近がすぐわかる。

すぐさま僕は岩場の陰《かげ》に隠れて息を潜《ひそ》め、奴がいなくなるのを待った。

幸いなことに今回も苔蛇《こけへび》は僕をスルーして行ってしまった。

「よし、今のうちに採掘、採掘っと」

周囲に気を配りながら、採掘を再開する。よっ……と。ちえっ、Bランク鉱石か。

Aランク鉱石が取れる割合は十回に一回くらいだ。いや、Bランク鉱石でもけっこうな値で売れるし、無駄ではないからいいんだけどね。こいつを売ったお金で【カクテル】のキールさんから『魔硝石』を売ってもらう予定だし。

それにここで採れるAランク鉱石は前に【憤怒】の第五エリアで手に入れた鉱石とは違うものだ。当然作る武器の性能も違ってくる。リンカさんの持つ【合金】スキルがあれば、違うAランク鉱石と掛《か》け合わせて、さらに別のAランク素材にもなるらしい。そのためには多くの種類があった方がいいわけで。

かなりの時間をかけて、目的の量を手に入れた僕は、さっさとここを脱出《だっしゅつ》することにした。またあの苔蛇にこられたんじゃたまらない。

岩場の陰から陰へと移動して、そそくさとポータルエリアへと飛び込む。

「あっ⁉　っ、しまった……！」

ポータルエリアに入って僕は、またやっちまった、と舌打ちをして天を仰《あお》いだ。

【セーレの翼】外すの忘れてた……。またランダム転移が自動で発動する。あーもう……運営さーん、転移する前に確認《かくにん》ウインドウを出せませんかね？

そんな僕の嘆《なげ》きを無視してランダム転移が終了《しゅうりょう》する。さてさて、どこだここ。一面氷だらけのフィールドだけど。ここも洞窟か？

「【怠惰】の第四エリア、【ストレイ氷窟】……」

お、【怠惰】の領国か。まあ、シークレットエリアを除けば七分の一の確率だからおかしくはないけど。

えっとマップ、マップ……。あー、東方面にある洞窟なのか。僕らは北方面に攻略《こうりゃく》してるからなあ。

つまり、僕たち【月見兎《つきみうさぎ》】にとってはまだ未踏《みとう》の地であるわけだ。

災《わざわ》い転じてなんとやら。こりゃラッキーだったかも。まだ誰も見つけていない洞窟なら、レアアイテムが手に入るかも……。

なんてほくそ笑《え》んでいたら、洞窟の奥からなにやら騒《さわ》がしい音がする。あれ、これって戦闘音《せんとう》？　魔法の展開する効果音とかするし。

「あら……。先客がいましたかー」

まあ、いてもおかしくないけどねー。攻略組かな？　ひょっとしたら、アレンさんたち【スターライト】だったりして。

ちょっと興味を引かれた僕は、音のする方へと歩き出した。幸い、【気配察知】では奥の敵以外は感じない。

氷で包まれた洞窟を進むと、すぐに大空洞とも言える場所へと出た。僕が出てきた場所は、その大空洞の高さ十メートルほど上に位置している横穴だった。

その大空洞での戦いを見て僕は目を見開く。

眼下では大型のモンスターが暴れまわっている。高さは三メートルほど。氷のような鎧《よろい》を全身にまとい、同じく氷漬《づ》けになったような盾と鋭利《えいり》かつ透明《とうめい》な氷の剣。まぎれもない氷の騎士《きし》だ。

ポップしたネームプレートにも『氷騎士　アイシクル』と書いてある。

しかし僕が驚《おどろ》いたのはそのモンスターの方ではない。その氷騎士と戦っている、全身に雷《かみなり》をまとい、パーカーを着た【夢魔族《インキュバス》】の少年の方だ。

「【雷槍《らいそう》】」

少年の掌《てのひら》から太い雷の槍が氷騎士目掛《めが》けて放たれる。しかしそれを氷騎士は手にした大きな氷の盾であっさりと防いでしまった。

「間違いない。ユウだ」

『監視者《ウォッチャー》』の差し向けたオルトロスと一緒《いっしょ》に戦った【雷帝《らいてい》】のユウである。

ユウも【怠惰】のプレイヤーだからいてもおかしくはないが、第四エリアまで来ていたのか。いや、彼《かれ》はソロモンスキル【フルフルの雷球】を持っている。ここにいても不思議はない。

そのユウが氷騎士と一対一で戦っている。他の仲間はどこだ？　死に戻りしたのか？　まさかソロでここまで来たとか？

『グルアッ！』

氷騎士が剣先《けんさき》から無数のツララをユウ目掛けて放つ。彼は両手に装備したガントレットでいくつかを弾《はじ》いたが、肩や脚《あし》に何本かのツララがヒットしてしまった。

形勢はユウに不利なように見える。これって助太刀《すけだち》に入っていいものなのか？

「えーっと、一応、戦闘参加申請《しんせい》を送ってみるか」

あ、やっぱりソロなんだ。ユウの所属パーティ、所属ギルド欄《らん》が空欄《くうらん》だった。オルトロスの時、ずっとソロだって言ってたしな。相変わらずらしい。

「お？」

ピロン、と『許可』の返信が来た。ありゃ？

こう言ったら失礼だが、断られると思ってた。あんまりコミュニケーションを取るのは得意だと思えなかったので。

すぐさま大空洞へと下りて、僕はユウの側へと近付いた。

「……お兄さんがシロ？」

「ああ。よろしく、ユウ君」

「ユウでいい。君付け嫌《きら》いだから」

ありゃ。前も同じようなこと言われたな。まあ、ユウの方はあの時の記憶《きおく》がないんだろうけど。

「…………」

「え、なに？」

なぜかこちらをじっと見て小さく首を傾げているユウにちょいと戸惑《とまど》う。

「……ボクと会ったことある？　なんか……どこかで話したことがあるような……」

え？　記憶が残っているのか⁉　レンたちみんなはあの時のことを忘れているのに
……！

「ああ、そのウサギのマフラー……。そうか、動画で見たんだっけ。『忍者《にんじゃ》さん』か」

「忍者じゃないから。職業ジョブは『双剣使い《デュアルフェンサー》』だから」

ですよねー。そっちかよ。

『ルガルァ！』

僕らが無駄話《むだばなし》に興じていると、再び氷騎士がツララミサイルを飛ばしてきた。

迫《せま》り来る無数のツララ。僕は【加速】を使い、その全てを躱《かわ》してユウに当たるところだ

った二本のツララも双剣で弾《はじ》き飛ばした。

「…………動画で見たよりも速いね」

「それだけが取り柄《え》でね」

ちょっと危なかったのは秘密だ。

手にした双焔剣《そうえんけん》『白焔《びゃくえん》・改《かい》』『黒焔《こくえん》・改《かい》』を構え直す。相手は氷のモンスターだからダメージは割り増しのはずだ。

「あいつ、細かい氷の粒《つぶ》を周りに張り巡《めぐ》らせてる。それでボクの雷が拡散しちゃうんだ。だからあとは殴《なぐ》るしかないんだけど、あの盾が邪魔《じゃま》で……」

なるほど。ユウにとっては相性《あいしょう》の悪い相手ってわけだ。それでも氷騎士のライフゲージを三分の一くらいは削っている。たいしたもんだ。

『グルガァ……』

氷騎士の剣に新たな氷がまとわりつく。普通の剣だったそれは、たちまち大剣へと変化した。

うわ、ありゃダメだ。たぶん僕の双剣では受け止められない。けど大剣なら相手の動きは鈍《にぶ》くなるはずだ。

「とりあえず僕が引きつけてヘイトを稼《かせ》ぐ。ユウは隙《すき》を見て攻撃してくれ。あ、雷撃《らいげき》での範囲攻撃は無しね。下手したら僕が死ぬ」

「……パーティ組む？　それならダメージ通らないから」

おや。まさかパーティに誘《さそ》ってもらえるとは。僕が少し驚いた顔をしていたのが気に障《さわ》ったのか、ユウがぷいっと顔を背《そむ》ける。

「……嫌《いや》なら別にいいけど」

「ああ、ごめん。じゃあ僕から申請するから」

パーティ申請の通知をユウに送ると、すぐに了承《りょうしょう》の返信がきた。よし、これで二人パーティの完成だ。リーダーは申請を送った僕になる。

よし。じゃあ、あの氷騎士をやっつけるとしますか。

◇　◇　◇

ブンブンと風切り音を鳴らして襲い来る大剣をギリギリで躱していく。

氷騎士《こいっ》め、なかなか速い。気を抜《ぬ》いたら食らってしまいそうだ。

隙を見て双焔剣を叩《たた》き込《こ》むが、氷の盾に阻《はば》まれてしまう。近づけば大剣が、距離《きょり》を取ればツララミサイルが飛んでくる。近距離《きんきょり》遠距離《えんきょり》どちらもできるオールラウンダータイプか。

「【雷球】」

ユウがバチバチと弾ける雷撃の球を氷騎士目掛けて放った。氷騎士が盾を構えると、氷の盾から剥《は》がれた細かな氷の粒が周囲に舞《ま》う。

ユウの雷球はその微細《びさい》な氷に拡散されて、氷騎士まで届かない。

「相性が悪いな」

「うん。イマイチ決め手に欠けるんだ」

となると、頼みの綱《つな》は僕の持つ双焔剣『白焔・改』と『黒焔・改』か。

炎《ほのお》が弱点属性である氷雪地帯のモンスターには、通常よりも多くのダメージを与《あた》えることができるはずだ。

とりあえず一回かましてみるか。

「【分身】」

「⁉」

驚くユウを置き去りにして、僕は【分身】で二人に分かれた。ＨＰが半分になる。

そのまま左右に分かれて氷騎士を挟《はさ》み撃《う》ちにする。一方の攻撃を防いでいる間に背中から攻撃を入れると、浅くだがダメージが入った。やはり炎が弱点属性のようだ。

『ガアッ！』

「うわっ⁉」

氷騎士が剣《けん》を不意に地面へと突《つ》き立てる。するとそこから波状形に氷が飛び出してきた。間一髪《かんいっぱつ》のところで僕はそれを躱す。

「フッ！」

危ない危ない。さらに斬《き》りかかる氷騎士の斬撃を避《よ》けていく。くっ、しつっこいな！

『グギッ……！』

僕を追い詰《つ》めようとする氷騎士の横腹に、雷を纏《まと》ったユウの拳が炸裂《さくれつ》する。そのままユウのワンツーが決まったが、続けて振り抜こうとした右フックは体勢を戻《もど》した氷騎士の盾《たて》に阻まれてしまった。

盾から冷気が溢《あふ》れる。危険を察したユウはバックステップで後方へと跳《と》んだ。同時に盾から冷気のブレスが吐き出される。

「ぐ……！」

ユウの右手首から先が凍《こお》り付く。状態異常【冷凍《れいとう》】か。あれではしばらく右手は使い物にならるまい。

やっぱりあの盾が邪魔だな。まずはアレをなんとかしないと。

分身を突っ込ませ、盾での防御《ぼうぎょ》を誘う。思惑《おもわく》通りに氷騎士は分身の斬撃を盾で受け止めた。今だ！

「【加速】！」

最高速で氷騎士の真横まで瞬時《しゅんじ》に移動して、盾を持つその左腕《ひだりうで》を思いっきり【蹴撃】で蹴り上げてやった。

蹴り上げられた左手から氷の盾が上空へと吹《ふ》き飛ばされる。

「【雷槍】」

示し合わせたわけでもないのに、タイミングバッチリで空中の盾をユウの放った雷が弾き飛ばす。

ガラララララッ！　と、けたたましい音を立てて、氷の盾が地面の上を後方へと転がっていった。

よし、今のうちに！

「【分身】！」

さらに【分身】を使い、四人に分かれる。さっきの【分身】と合わせて、ＨＰが八分の一まで減った。

四人の僕が、氷騎士を取り囲む。そして同時に戦技を発動させた。

「【双星斬】」

左右五連続の斬撃。それが四人分、計四十もの斬撃が一気に放たれる。しかも一撃一撃《いちげきいちげき》が弱点属性の斬撃だ。

ユウによってHPが三分の一も削られていた氷騎士に耐《た》えられるわけがない。

『グガガガ……！』

あれ？　ギリギリだけどHPが残ってる。届かなかったか。でも、もう虫の息だ。

僕はユウに視線を向けて、脇《わき》に退ける。

「えっと、どうぞ」

「……じゃあ、お言葉に甘《あま》えて」

氷騎士の懐《ふところ》に入り込んだユウの拳《こぶし》がその胸に炸裂する。バラバラに砕《くだ》け散った氷の騎士は、光の粒となって消えていった。

「おつかれ」

「ありがとう。助かった」

さて、ドロップアイテムは～っと。ウィンドウを開き、アイテム欄の新規を見る。

『氷の指輪』に『冷却石《れいきゃくせき》』、と……『アイスブリンガー』。お、これは当たりかな？

『アイスブリンガー』を取り出してみる。うーむ、長剣《ちょうけん》か。僕は使えないけど、ウェンディさんなら使えるかもしれないな。第四エリアでは使いどころがないかもだけど。

あ、ハルのパーティメンバーに欲しい人がいたら売ってもいいかな。

「それ、確かレアアイテム。あんまり出ないやつだよ。よかったね。じゃ、行こうか」

「え？　どこに？」

僕の言葉にユウが首を傾げる。

「どこに……って、この先の村にじゃないの？　あれ？　何か別の目的があって、この洞窟に？」

「あ。いやいやいや、そうそう、村ね！　村！　うん、そうだった、そうだった！」

「……？」

マズい。【セーレの翼《つばさ》】で間違えて跳んできた、とは説明しづらい。

でもなぁ……。僕はユウのソロモンスキルがなにか知っている。僕だけ秘密にしておくってのはちょっと後ろめたい。かといっていきなり話すのも変だし。

なんとなく気まずい雰囲気《ふんいき》のまま、僕らは氷の洞窟を進んでいく。

やがて氷の洞窟が終わり、山の斜面《しゃめん》から顔を覗《のぞ》かせた僕らの視界に飛び込んできたのは、まばらに雪原に建つ雪の家だった。

「イグルーだね」

雪のブロックでドーム状に作られた家を見て、ユウがそうつぶやく。こんな極寒《ごっかん》の地に村があったのか。

マップを確認すると、『リョートの村』と出ている。

村に近寄り、まず僕が驚いたのは村の住人が人間じゃなかったことだ。

犬だ。人間の身体にエスキモー犬みたいな頭が乗っている。獣人《じゅうじん》族とも違《ちが》い、まるまる犬の頭部が、である。

村人を鑑定《かんてい》する。『コボルト族』と出た。コボルトか。

みんなファーのついた防寒着を着込《きこ》んでいる。そこは毛皮じゃないんだな。

「ポータルエリアはどこかな？」

「あっちじゃないか？　広場になってるみたいだし」

『DWO《デモンズ》』鉄則そのいち。新しい村・町に着いたら何をおいてもまずポータルエリア登録。でないと、なにか突発的《とっぱつてき》なイベントが発生し、失敗して死に戻りなどした場合、また村や町まで来なきゃならなくなる。

またあの洞窟で氷騎士と戦うのは勘弁《かんべん》だ。

広場の方に行くと、端《はし》の方に少し高く木で作られた四阿《あずまや》があって、そこにポータルエリアがあった。地面にあると雪に埋《う》もれてしまうからな。

ポータルエリアを登録する。よし、これでここに転移できるようになったぞ、と。

「……このあと、どうする？」

「一回ギルドに戻るよ。頼まれていたこともあるし」

この村を見学して回りたいところだけど、手に入れた鉱石を早いところリンカさんに渡《わた》さないといけないしな。また今度みんなでこよう。

「そ。じゃあ、パーティから抜けるね」

ユウがパーティから抜ける。お互《たが》いにフレンド登録をして、僕はポータルエリアへと入った。もちろん入る前に【セーレの翼】は外したぞ。

ユウにお別れの挨拶をして、『星降る島』を選択《せんたく》する。ポチッとな。

一瞬《いっしゅん》で周囲が切り替《か》わり、見慣れたギルドホームの中庭に出る。ただいまっと。

突発的な戦いはあったけど、またユウと知り合えて良かったな。

その足でリンカさんの工房《こうぼう》へ行き、手に入れたAランク鉱石を置いてくる。これだけあれば大丈夫だと思うんだけど。

「向こうのパーティの残りが全員『防衛者《ディフェンダー》』でもなければ間に合うと思う。とりあえず製《せい》錬《れん》だけはしておく」

ウェンディさんと同じ『防衛者《ディフェンダー》』は、武器防具全てを金属製のもので揃《そろ》えると、かなりの量になるからなあ。全員同じジョブってことはないと思う。バランスめっちゃ悪いし。

「きゅっ！」

「おっ、スノウか。ん？　どうした？」

突然《とつぜん》僕《ぼく》の頭にエンジェラビットのスノウが降り立つ。『きゅっ！　きゅっ！』と人の頭をぺしぺしと叩く。怒《おこ》ってるんじゃなくて、なにか知らせようとしてる感じだ。

「きゅっ！」

パタパタとスノウが飛んでいく。よくわからないままに、僕《ぼく》もそれについていくことにした。

「どこへ連れて行こうってんだよ」

スノウが僕を誘導《ゆうどう》したのは砂浜《すなはま》だった。あれ？　あそこにいるのは……。

「やあ、シロ君。おかえり」

「アレンさん。【スターライト】のみんなも。来てたんですか」

砂浜に集まっていたのはギルド【スターライト】の面々だった。他にうちの面々もいる。なにやってんだろ？　と思った僕の視界に、その光景が飛び込んできた。

「はあああっ！　【月華斬《げっか》】！」

「甘《あま》え！【昇龍《しょうりゅう》斬】！」

シズカの振《ふ》り下ろした力を込めた斬撃を、ガルガドさんの大剣《たいけん》が下から弾き返す。弾き飛ばされたシズカが、棒高跳《ぼうたかと》びの要領で薙刀《なぎなた》を地面に突き刺《さ》して、距離を取った。なに？【ＰｖＰ】やってんの？

「いや、シロ君に用事があってきたんだけど、留守だったからさ。ただ待ってるのもなんだからって。チャット送ろうとしたんだけど、切ってたろ？」

「あ、いけね」

チャット機能をオフにしてたのを忘れてた。いや、隠《かく》れながら作業するあの状況《じょうきょう》で、急にチャットの呼び出し音とかなると、ビクッとして見つかることが多いんだよね。なので、切ってたわけですけど、あー、確かに入ってるわ。

「【ソードバッシュ】！」

「きゃっ……！」

ガルガドさんの突撃《とつげき》を受けてシズカが吹き飛んだ。今の攻撃でシズカのＨＰが半分になり、戦闘終了《せんとうしゅうりょう》のシグナルが点滅《てんめつ》する。

ＨＰダメージが半分を超《こ》えたら戦闘終了の『ハーフモード』でやってたんだな。

「ガルガド、大人気なーい」

「そうだそうだ、いじめっ子かー！」

「うっせ！」

ベルクレアさんとメイリンさんからヤジが飛ぶ。シズカの方はそれほど気にしていないみたいだけど。

「それで僕に話ってなんですか？」

「ああ、うん。実は第四エリアのボスのことなんだけれど」

第四エリアのボス？　おっ、早くもアレンさんたちが見つけたのか？

「いや、まだ見つけたわけじゃないんだ。第四エリアの北東にそれらしきダンジョンがあってね。そこがいわゆるパズルダンジョンなんだよ」

「パズルダンジョン？」

「そう。クイズとか謎解《なぞと》きとか、そういう類《たぐい》のものをクリアしないと先に進めないダンジョンさ。僕らは最深部の扉《とびら》手前までいけたんだけど、最後のギミックがちょっと難しくてね。シロ君に助けてもらおうと」

パズルダンジョンね。頭を使ってクリアしていく、知的なダンジョンってか。……あまり僕では助けにならないと思うのですが。

「いや、最後のその仕掛《しか》けってのが、別々の部屋のボタンを同時に押《お》すと扉が開くってやつでね。これがまた難しいんだ」

「なんでです？　ウィンドウの時計を見ながらやれば……」

「その時計が使えないいんだよ、あのダンジョンは」

あらま。運営側もやらしいことを。

「トーラスに砂時計を作ってもらってやってみたんだけど、うまくいかないかった。どうもかなりシビアな設定らしい」

それって機械式時計とか作らないと無理なんじゃないの？　あ、【魔工学《まこうがく》】スキルがあれば作れるのか。……売れるかな？

「あの中ではチャットも使えないいんだ。笛の音に合わせて、とかもやってみたんだけど、音まで消される始末でね……。そこでシロ君に頼もうと」

「いや、そこがよくわからないいんですけど……」

「君には【分身】があるだろ？」

…………？　ああ！　そっか、そういうことか！　【分身】で分かれた分身体は念じれば動くロボットのようなものであるが、感覚は共有されている。

例えば『一分後に全員ジャンプ』と念じる。『正確な』一分後に、ジャンプさせることは難しいが、『全員同時に』ジャンプさせることは可能というわけだ。

「その部屋っていくつあるんです？」

「六つだよ」

六つか。なら充分《じゅうぶん》間に合う数だな。

パズルダンジョンとしては、ちゃんとした正解があるのかもしれない。ま、多少のズルさは否《いな》めないが、これも正解ということにしてもらおう。

「わかりました。行きましょう」

「そうこなくっちゃ。その仕掛けの部屋前にポータルエリアがあるからそこまでは楽に行けるよ。戦闘前のセーブポイントじゃないかと僕らは睨んでいるんだけどね」

ってことは、扉を開けたらすぐにボス戦とかってのもあり得るのか。

……でもなあ、そんな簡単に第四エリアのボスに行けるかな？　第二エリアでは月光石を集め、第三エリアでは羅針盤《らしんばん》で幽霊船《ゆうれいせん》を探した。第四エリアが単純にダンジョンにいるだけってことはないと思う。

おそらくボスに至るなにかのアイテムがあるとか、中ボスとかじゃないかと僕は睨んだ。

ま、なんにしろ面倒《めんどう》なダンジョンだ。奥《おく》にはなにかお宝があるに違いない。

【スターライト】のみんなと僕だけでいくつもりだったのだが、ミウラたちも行きたいと言い出したので、みんなで行くことにした。リンカさんだけは作業があるので残るらしいが。

「じゃあちょうど六人ずつだし、それぞれ三人ずつ交換《こうかん》して二つのパーティを組んで跳びましょう」

ジェシカさんの提案に乗り、一時的な変則パーティを組む。僕らが【スターライト】のみんなに連れて行ってもらう形だ。

アレンさんをリーダーとして、ガルガドさん、セイルロットさん、僕、ミウラ、シズカのパーティと、ジェシカさんをリーダーとした、メイリンさん、ベルクレアさん、レン、ウェンディさん、リゼルのパーティの二つに分かれて、ギルドホームの中庭にあるポータルエリアからそのダンジョンへ向かう。

転移すると、そこは冷気漂《ただよ》う氷のダンジョンだった。まさか一日でまた同じようなところに来るとは。

ま、第四エリアが雪と氷のエリアだから、当たり前と言えば当たり前なのだけれども。

「この通路の先が七つに分かれていて、真ん中の大きな通路に扉があるんだ。他の六つの通路は行き止まりで、その壁《かべ》にあるスイッチを六つ同時に押すと扉が開くらしい」

「結構距離がありますね」

んんー……これは【加速】も使った方がいいか。【分身】でＨＰが下がっているところにモンスターとエンカウントしたら面倒だ。最速で抜けた方がいい。

「とりあえずやってみます。【分身】！」

二人、三人、四人……と本体入れて七人まで分かれる。

「【加速】」

六体の分身は全速力で行き止まりの通路を走り切り、スイッチの手前まできた。運良くモンスターには出会っていない。よし、じゃあシンクロでスイッチオン、と。

六体の分身が拳大《こぶしだい》の四角いスイッチを同時に押すと、ガコンッ！　と、大きな音を立てて正面にあった扉が開いていった。

「やった！　開いたよ！」

メイリンさんが拳ガントレットを打ち鳴らして喜びの声を上げる。よし、開いたな。

【分身】を解除して、失ったＨＰをハイポーションで回復させる。何があるかわからないからな。用心した方がいい。

「よし、じゃあパーティを戻して進もうか」

アレンさんの言葉通り、パーティを戻した【スターライト】と【月見兎《うさぎ》】の両ギルドは開いた扉から中へと進む。

扉の先の通路を進むと、広い円形のホールのような場所にたどり着いた。あれ？　行き止まり？

「魔法陣《まほうじん》みたいなものが周りにあるけど……」

リゼルの言う通り、円形の壁際《かべぎわ》に直径約二メートルほどの魔法陣がズラリと描《えが》かれていた。なんだこれ？

「中央にもありますよ。なんか数字が書いてありますけど。1000？　なにが1000なんでしょう？」

中央の魔法陣、その中心に書かれていた『1000』の文字に、レンが首を傾《かし》げる。

恐《おそ》る恐る踏《ふ》んでみる。……なにも起こらない。なんだこれ？

「これもパズルなんですかね？」

「これだけじゃ全然わからないな……」

と、アレンさんと話していると、突然《とつぜん》ズドンッ！　という音とともに、入ってきたホールの入口が落ちてきた石壁《いしかべ》に閉《と》ざされてしまった。

「……閉じ込められた？」

「ねえ。あたし、なんか嫌な予感がするんだけど……」

「偶然《ぐうぜん》ですね。私もです」

メイリンさんとセイルロットさんが、引きつった笑いを浮《う》かべながら、武器を構える。

周囲の魔法陣から青い光が立ち上り、その中から青白い狼《おおかみ》が現れた。全部で十匹《ぴき》。うおう、団体さんのお出ましだ。

『グルルルル……』

「アイスウルフか……。厄介《やっかい》だな……」

アイスウルフ。第四エリアのフィールドに割といるモンスターだ。強さはそれほどでもない。というか、狼系の厄介さは強さではなく、素早さとその数だ。連携《れんけい》が得意で様々な角度から襲いかかってくる。

僕らは自然と背中合わせになり、円陣《えんじん》を組んでいた。

「来るぞ！」

『グルガァッ！』

襲いかかってくるアイスウルフを、両手に持った双焔剣で迎《むか》え撃つ。一匹を正面から斬り伏《ふ》せて、もう一匹の側頭部に短剣《たんけん》を突き立てる。

こっちは十二人もいるのだ。これくらいの数なら問題ない。僕らはあっという間に十匹を片付けた。

「ねえ！　魔法陣の数字が減ってるよ！」

ミウラの声に振り向くと、中央の魔法陣に書かれていた『１０００』という文字が、『０

990』になっていた。ちょっと待て、これって……。

「また魔法陣が光ってますわ！」

シズカが指差した先の魔法陣からまたアイスウルフが飛び出してきた。やっぱり⁉

冗談《じょうだん》じゃない。千匹倒《びきたお》せっていうのか⁉

「……えーっと、千割る十二は？」

「はい！　八十三、余り四です！」

「さすがです、お嬢様《じょうさま》」

僕の質問にレンが手を挙げて答えてくれた。一人当たり八十三匹も倒《たお》すのか……。

そうこうしている間にも魔法陣から次々とアイスウルフが飛び出してくる。おい、一回につき一匹ずつとか関係なしに、一つの魔法陣から次々とポップしているぞ。

「モンスターハウスかよ……！　やばい！　片《かた》っ端《ぱし》から倒していかねえと、数に押し負けちまうぞ！」

「あまりみんなから離《はな》れないで！　囲まれたらまずいわよ！」

「任せて！　【ファイアストーム】！」

リゼルの杖《つえ》から放たれた炎の竜巻《たつまき》が、複数のアイスウルフを巻き込んでいく。こういう状況だと範囲《はんい》攻撃魔《こうげきま》法《ほう》は効果的だな。

「【フレア】！」

同じくジェシカさんの魔法《まほう》が炸裂する。広範囲《こうはんい》にわたって小規模な爆発《ばくはつ》が連続で発動し、狼たちが吹き飛ばされた。

『ギャウンッ⁉』

「よし、一気に叩くぞ！」

遠距離《えんきより》プレイヤーから攻撃《こうげき》が放たれ、討《う》ち漏《も》らしたやつを近距離《きんきより》プレイヤーが片付けていく。中央のカウンターは次々と減ってはいるが、また９５０以上もある。

「こりゃなかなか骨が折れそうだ……」

僕は襲《おそ》いかかってくるアイスウルフを斬り捨てながら、少しだけワクワクしている自分に気がついた。

◇　◇　◇

「【風塵斬り《ふうじんぎ》】！」

『ギャウン！』

風を纏わせた左右の連撃がアイスウルフを切り刻む。その僕目掛《ぼくめが》けて左右から別のアイスウルフが襲いかかった。

「くっ、【加速】！」

一瞬だけ【加速】し、アイスウルフの牙《きば》から逃《のが》れる。

反転しざまに相手を斬りつけ、さらに離脱《りだつ》。

「【スラッシュ】！」

そこにアレンさんの剣が振り下ろされ、さっき斬りつけたアイスウルフが光と消えた。

少しみんなから離れてしまったのですぐさま戻る。くそっ、キリがないな。

「ごめん！　スタミナ切れたから中に入れて！」

メイリンさんがそう言いながら円陣の内側に入り、インベントリからスタミナポーションを取り出して一気に呷《あお》る。その間、僕らは守りを固め、アイスウルフを一匹も通さない。

HPならセイルロットさんやレンの回復魔法でなんとかなるが、ST《スタミナ》やMP《まりょく》はそうはいかない。どうしても回復中に隙ができる。

「OK！　よーし、行くぞー！」

スタミナを回復させたメイリンさんが、再び円陣の外へと出て行く。基本的に僕とメイリンさん、それとシズカは自分で動いて相手を倒す戦法を取っている。ミウラやガルガドさん、アレンさんにウェンディさんなどは待ち構えて敵を倒す戦法だ。自然と僕らが引っ掻《か》き回し、相手を統率《とうそつ》させない戦い方になっていた。

この場合一番怖《こわ》いのは数の暴力だ。どんなザコ敵だって数で押し切られたら負けてしまう。相手に連携プレーなどさせない。なるべく一対一になるように動いて、数を減らしていかねば。

「【大回転斬《ぎ》り】！」

ガルガドさんが周囲のアイスウルフをまとめて斬りつける。大剣使いは多数相手の戦闘《せんとう》向けじゃないから、使う戦技も限られてくる。重い剣を振り回すとどうしても隙ができてしまうのだ。

なるべく守りに入り、相手の攻《せ》めが緩《ゆる》んだ時を狙《ねら》って戦技を繰《く》り出す。そんな攻撃を繰り返していた。

同じ大剣使いのミウラも似たようなもので、だいぶストレスが溜《た》まっているみたいだな。だけどここで一人突撃して死に戻ると、残されたみんながさらにキツくなる。それは勘弁してもらいたい。

「シロ兄ちゃん、【分身】で片付けてよ！」

「無理！　【分身】してHPが減ったところに集団で襲いかかられたら一発で死に戻る！」

これで相手がノロマなやつならやるんだけど。ウルフ系はAGI《すばやさ》が高い。僕でも気を抜くとダメージを食《く》らってしまう。今はそんなリスクは冒《おか》せない。

「【サウザンドレイン】!!」

レンとベルクレアさんの戦技により、空から無数の矢が降り注ぐ。

全滅《ぜんめつ》させるまでにはいかないが、範囲内《はんいない》のアイスウルフから半分以上のHPを削《けず》ってくれる。今がチャンスだ。

「【アクセルエッジ】！」

狼の間を駆《か》け抜けながら左右四連撃を繰り出して、四匹のアイスウルフを斬り刻む。僕の双焔剣は火属性なのでダメージがそれなりに高い。四匹の狼たちは光の粒となって消えた。

「あとどれくらいだ？」

「残り652です！」

嘘《うそ》だろ、まだ半分もいってないのか。返ってきたシズカの言葉に愕然《がくぜん》とする。くっそ、このトラップ考えたヤツ、絶対性格悪いだろ！

間違《まちが》いなく長丁場になるな。僕は改めて狼と向き合い、気合いを入れ直した。

◇　◇　◇

「残り三匹！」

僕がどうにか斬り伏せたアイスウルフの横を、ベルクレアさんの放った矢が飛んでいく。狙い違《たが》わずそれは弱っていた別のアイスウルフの眉間《みけん》に突き刺さり、そいつを光の粒へと変えた。

「残り二匹よ！」

残された二匹のうち、一匹がウェンディさんに飛びかかる。もはやみんな戦技を放つスタミナもない。ウェンディさんが大盾でその攻撃を受けとめると、その横から振り抜かれたセイルロットさんのメイスがそいつの頭を吹き飛ばす。

「残り一匹です！」

「やあああああっ！」

ラスト一匹、千匹目のアイスウルフにメイリンさんが向かっていく。最後の一匹は怯《おび》えることなく、メイリンさんへと向かい、その牙を剥《む》いた。

「これで……終わりっ！」

飛びかかる狼の横《よこ》っ面《つら》にメイリンさんの回し蹴《げ》りが炸裂し、最後のアイスウルフが吹っ飛ばされていった。二、三度バウンドした狼は動かなくなり、光となって消える。終わった、か？

「はぁぁぁぁ……。つっかれたー……」

暴風剣《スパイラルゲイル》に寄りかかるように、ミウラがへなへなと腰《こし》を落とす。

「MP《まりょく》もST《スタミナ》も0です……」

「これ【スターライト】《わたしたち》だけで来たら完全アウトだったわね……」

セイルロットさんとジェシカさんもその場に座《すわ》り込んでしまった。僕も腰を落とし、その場で大の字になって呼吸を整える。いや、つっかれた……。

ST《スタミナ》が0だから、行動にマイナス補正がかかっている。身体がものすごく重い。鉛《なまり》でも付いているみたいだ。

中央の魔法陣のカウントは『0000』になっている。やっと終わったな。

「お疲《つか》れさん」

「いやもう……。回復アイテムを使い切っちゃいましたよ……」

近くに腰を下ろしたアレンさんに思わずボヤいてしまう。またポーション類を作ってストックしとかないとなあ。

「全部倒したけど、なにも起こらないな……」

「さっきのは露払《つゆはら》いでこれから本命が出現、とかは無しにして欲《ほ》しいですね……」

さすがにそれは運営に文句を言いたくなる。そんな連戦、冗談じゃない。

「ねえ、そこの魔法陣光ってるけど、中に入るんじゃないの？」

リゼルの言葉に起き上がり、中央の魔法陣を見てみると、確かにぼんやりと燐光《りんこう》を放っている。ひょっとして転移陣《じん》か？

「どうします？」

「むむ……。進みたい気持ちもあるけど、この状態でもしボスなんかが出たら間違いなく全滅だね……」

アレンさんが考《かんが》え込む。確かにその可能性もあるか。

「だからといって引き返したら、またここの狼どもと戦う羽目になるんじゃねえのか？」

「そうだよ。行ってみないとわからないよ」

ガルガドさんとミウラの大剣コンビは進むのに賛成のようだ。正直言って僕も進むことに賛成だ。もしボスがいて全滅したとしても、それは無駄《むだ》じゃない。次に傾向《けいこう》と対策を練ることができる。まあ、アイスウルフ戦に使ったポーション類は無駄になってしまうが……。

確認《かくにん》をとったが、ほとんどのメンバーが進むことに賛成であった。

「よし、じゃあ進もう」

アレンさんが方針を決定し、僕らはできるだけHP《たいりょく》、MP《まりょく》、ST《スタミナ》を回復させた。休憩《きゅうけい》したことにより、だいぶ自然回復はしているが、完全回復までここにいるわけにもいかない。

またいつカウントが『1000』に戻り、狼千匹斬《びきぎ》りが始まるとも限らないのだ。

中央の魔法陣に一人、また一人と入るたびに、光が強くなっていく。

最後にアレンさんが魔法陣に入ると、輝《かがや》きが一層増し、まばゆいばかりの光彩陸離《こうさいりくり》の渦《うず》が僕らを包んでいった。

「……っ…………!?」

光が収まると、僕らは氷で囲まれた部屋にいた。部屋というか神殿《しんでん》のような造りで、なにやら祭壇《さいだん》のようなものまである。

その祭壇のさらに上、空中にぷかぷかとなにか棒のようなものがゆっくりと回っていた。

「……鍵《かぎ》？」

鍵。鍵だな、ありゃ。家とか車とかの鍵じゃなく、スケルトンキーと言われるアンティ

ークな鍵だ。いや、ファンタジーっぽいけど、なんで鍵？　どこかに扉でもあるか？

アレンさんが祭壇に近寄り、浮いていた大きな鍵を手にする。大きさがちょっとしたナイフくらいある。エメラルドのような緑色の光を放つ、透《す》き通った綺麗《きれい》な鍵だった。鍵の持ち手部分が『G』という形になっている。

「『エメラルドの鍵』だそうだよ。『白の扉を開く三つの鍵のひとつ』……らしい」

白の扉を開く？　三本の鍵がないと開かない扉があるってことか？

「よくわからないが重要なキーアイテムなんだろう。二本取得できたから、一本は【月見兎】のだね」

「参加したギルドの数だけ出るんですかね？」

「多分そうだろう。でないとアレを何度もやることになるし」

確かに。だとするとソロには辛《つら》くないかね？　いや、ソロ同士十人くらいでくれば十本の鍵がもらえるなら問題ないのか。

レンがアレンさんからでかい緑色の鍵を受け取る。狼軍団との戦いの報酬《ほうしゅう》がこれだけってのは少し寂《さび》しいな。

「ねえ、ちょっと。ここに隠し扉があるよ？」

「えっ？」

メイリンさんが壁の一部に触《ふ》れながらそんなことを言い出した。隠し扉？

「メイリンは【探知】スキルを持ってるんだよ。隠された物を見つけることができるんだ」

へえ。便利だな。売ってるのを見たことがないから、星付きのスキルかな。詳《くわ》しく聞くと、メイリンさんはダンジョンなどで隠し扉や秘密の通路を見つけたりと斥候《せっこう》役を務めているらしい。

「えっと、これがスイッチかな？　よっ、と」

ガコン、と壁の一部をメイリンさんが押し込《こ》むと、隣《となり》にあった壁がズズッ、とずれてぽっかりと穴が空いた。

「わ、すごい！　秘密の部屋だ！」

ミウラがはしゃいで空いた部屋の中を覗く。おいおい、罠《わな》があるかもしれないぞ。

そんな僕の心配は杞憂《きゆう》だったようで、部屋に入ったミウラから『やった！』という嬉《うれ》しそうな声が聞こえてきた。

その声に引かれるように僕らも中を覗き込むと、そこには氷の部屋いっぱいに宝箱が置かれていた。

おおっ！　これは確かに嬉しい。

「やった！　あんなにアイスウルフを倒したんだから、これくらいは報酬がないとね！」

リゼルも嬉しそうに宝箱に駆け寄る。

「まさかこれ全部ミミックとかいうオチじゃないですよね？」

「いや、そこまで運営も意地が悪くはないだろう……」

セイルロットさんとアレンさんが物騒《ぶっそう》な話をしているが、さすがにそれはない……よね？

「大丈夫《だいじょうぶ》。ボク【罠察知】のスキルも持ってるから。ここにある宝箱は全部青色に光ってる。安全だよ」

すごいな、メイリンさん。頼《たよ》りになります。

宝箱はちょうど十二個ある。一人で一個の計算だ。たぶんこれもあの狼を倒した人数分だけ用意されているんだろう。

そしてこの宝箱の形はランダムボックスと同じ、いわゆる運試《うんだめ》し的な宝箱だ。あらゆる可能性を秘《ひ》めたギャンブルボックス。しかし……。

「どうしたんですか、シロさん？」

「いや……。僕が開ける宝箱の中に、僕が欲しいものが入っている気がしないんだよね……」

この手の運の悪さはもう何回も確認済みだからな。小さくため息をつく僕の肩《かた》を、ポン、とジェシカさんが叩《たた》いた。そりゃもういい笑顔《えがお》で。

「ねえ、シロ君、私の宝箱開けてみない？」

「え……。な、なんで？」

「その方がいいアイテムが出ると私の直感が告げているからよ！」

「あっ、ジェシカ、ズリぃぞ！　シロ！　俺《おれ》のも開けてくれ！」

「シロ君、シロ君！　私のも！」

ジェシカさんの言葉に反応して、ガルガドさんとリゼルからも手が挙がる。それに続くように全員が僕に開けてほしいと挙手をした。

くっ！　僕の宝箱運の無さはこの人たちに吸われてるからじゃなかろうか。

だからといって断ることも出来ず、とりあえずジェシカさんの宝箱を開けてみる。

【クリスタルパワーロッド】　ＡＡランク
ＡＴＫ（攻撃力《こうげきりょく》）＋８８
ＩＮＴ（知力）＋６２
ＭＮＤ（精神力）＋４３

耐久性《たいきゅうせい》 41／41
■水晶封《すいしょうふう》の力が秘められた杖。
□装備アイテム／杖
□複数効果なし／
品質：F（最高品質《フローレス》）
■特殊効果《とくしゅこうか》：
対象一体に【水晶封】の効果。
魔力《まりょく》が続く限り、相手の動きを完全に封《ふう》じる。
自分のレベルより高い相手は封じられない。

【鑑定済】

「キタコレ！　ＡＡランク！　さすが幸運の白ウサギ――――っ！」
ジェシカさんが飛び上がって全身で喜びを表現する。喜んでもらえてなによりだが、僕の宝箱からいいものが出る可能性がガクンと下がった気がするのはなぜだろう？

「シロ！　次は俺のだ！　頼《たの》む！」

「へいへーい……」

もう半ばヤケになって、パカパカとみんなの宝箱を開けていく。

自分でも信じられないくらい、レアなアイテムや武器防具を引き当てていく。中にはその人が装備できるものではなかったりもしたが、レアアイテムには変わりない。トレードや換金《かんきん》しても充分『当たり』と言えるものだった。

で、ラスト宝箱。当然これは僕の宝箱だ。他のみんなのはテキトーに開けていたが、これだけは神に祈《いの》るようにして開けていく。

「頼む……！」

開いた宝箱の中には輝くスキルオーブが。ノコギリとハンマーがクロスした見たことのないアイコンが浮かんでいる。

僕はとりあえずそれをインベントリへ収納し、アイテムウィンドウを開く。

あれ、メールが一通来てる。『エミーリア』……？　知らないプレイヤー名だけど、なんで僕のところに？

おっと、まあいい、それは後回しだ。手に入れたスキルはっと。

「【復元】……？　星三つのレアスキルだ」

「うおっ、スゲェじゃねぇか！　これで十二回連続でレアアイテムだぞ！　お前リアル【豪運《ごううん》】持ちかよ！」

なんてことをガルガドさんが言ってくるが、いや、コレ……僕、使えない……。

「えっ？」

「これさ、ジョブ制限ってのがあって……。生産職ジョブじゃないと装備できないっぽい……」

【復元】はアイテムを素材状態に戻《もど》すスキルらしい。つまり鉄鉱石を三つ使って作ったロングソードを元の鉄鉱石三つに戻すことができる。

手に入れた自分では使えないレアアイテムなんかも素材状態に戻したりできるわけだ。あるいは生産に失敗したアイテムを元に戻し、やり直すこともできる。

これってなにげにすごいことで、例えばランダムに属性がつく付与宝珠《ふよほうしゅ》を、望む付与《ふよ》がつくまで何回でも作り直しができるってことだぞ。あ、一日の回数制限はあるみたいだけど。

「【月見兎《うち》】で生産ジョブっていうと……」

リンカさんの『鍛冶師《メタルスミス》』、レンの『裁縫師《シームストレス》』。

以上。

使う頻度《ひんど》から考えるとリンカさんの方が必要だろう。なんでここにいないメンバーに役立つレアスキルを引くかな……。

トレードや換金するって手もあるけど……いや、ないな。星三つのスキルを手放すのはもったいない。ちゃんと【月見兎《うちのこ》】で有効的に使うべきだ。

「ま、まあ、リンカさんにいいお土産《みやげ》ができたではありませんか」

「そだね……」

シズカが慰《なぐさ》めてくれるが、もうなんか慣れてきた。きっと僕《ぼく》はこういったくじ引き的なものは総じてダメなんだ、きっと。

「というか、シロ君が宝箱開封《かいふう》業的な商売を始めたらすごいことになるんじゃないかな……」

「さすがに広まるのはマズいわ。運営が動き出すかもしれない」

「ああ、幸運の白ウサギは俺たちだけで……」

【スターライト】の面々がなんか怪《あや》しい相談をしているが、聞こえない。聞こえないぞー。

「よっし、これで全部片付いたな。それじゃあ打ち上げしようぜ！」

「さんせー！　あたし久しぶりに『ミーティア』でケーキ食べたい！」

ガルガドさんの提案にいち早くミウラが乗っかる。メテオさんのところの喫茶《きっさ》『ミーティア』か。そういや最近行ってなかったな。

ガルガドさんやジェシカさんからはギルド【カクテル】が経営するバー『シェイカー』で、という提案もあったが、年齢《ねんれい》制限のある子供もいるし、今回は『ミーティア』で、ということに決まった。物足りなければそのあと大人たちだけでどうぞ、ってことで。

僕らはポータルエリアから第二エリア、ブルーメンの町へと跳《と》び、通りから少し外れた喫茶店《きっさてん》『ミーティア』へと向かった。

「こんちわー！」

ミウラが元気よく挨拶《あいさつ》をしながらドアを開ける。

「おや、いらっしゃいませ」

「いらっしゃいませー！」

店長マスターである雪豹《ゆきひょう》の【獣人族《セリアンスロープ》】メテオさんと、NPCの猫《ねこ》の【獣人族《セリアンスロープ》】であるシャノアさんが出迎《でむか》えてくれた。

みんなが思い思いの席に座る中で、僕はシャノアさんへちらりと視線を向ける。

この人も本当はNPCなんかじゃなくて、宇宙人が宇宙の果てからログインしているんだよな……。未《いま》だに信じられないが。いったい何星人なんだろう……。

「どうかしましたか？」

「あ、いえ……えっと、クラブハウスサンドとダージリンティーを」

僕のそんな考えに気づいたわけではあるまいが、普通《ふつう》に話しかけてきたシャノアさんに慌《あわ》てて注文をする。それをきっかけに他のみんなも注文を始めて、シャノアさんは僕の隣から離れていった。

「皆《みな》さん、ずいぶんとご機嫌《きげん》ですね」

「おう！　第四エリアでレアなアイテムをかなり手に入れてな！　いや、まったくシロ様々だぜ！」

「あまり嬉しくない……」

僕的には美味《おい》しくもなんともないし。次からは金取ってやろうか。

「第四エリアですか。そういえば先ほどまでレーヴェがここにいたんですが気になる話を聞きましたよ」

レーヴェさん？　着ぐるみのプレイヤー、レーヴェさんか。僕の中でレーヴェさんは仮面スーツの怪人《かいじん》……つまり宇宙人だと睨《にら》んでいるのだが、本当のところはどうなのだろう。実際に聞くわけにもな。

「気になる話って？」

「ええ、ギルド【エルドラド】が、第五エリアへ続く扉《とびら》を発見したと」

「なんだって⁉」

店長《メテオ》さんの話にアレンさんが声を上げる。第五エリアへの扉？　するともう第四エリアのボスは倒されて……あれ？　でも討伐《とうばつ》アナウンスは無かったぞ？

「ああ、違《ちが》いますよ。第五エリアの扉が見つかったってだけです。氷に閉ざされたその白い門には三つの鍵がかかっていて開かなかったそうです」

「白い門……に、三つの鍵？」

僕らは思わず顔を見合わせてしまう。鍵って、さっき手に入れたデカい鍵のことじゃないのか？

あの鍵が第五エリアへ行くために必要なアイテムだったのか。『白の扉を開く三つの鍵のひとつ』って鑑定《かんてい》にもあったしな。

するとどこかにまだあと二本、別の鍵があるのか……？

「えっと、気になる話ってのはそれではなくてですね。どうも【エルドラド】、その後に分裂《ぶんれつ》したらしいんです」

「分裂？　もしかしてギルマスとサブマスの確執《かくしつ》がとうとう？」

「みたいです。かなり険悪な雰囲気《ふんいき》だったらしいですよ。サブマスが三分の一ほどギルドメンバーを引き連れて脱退《だったい》したようで」

ギルド【エルドラド】は【怠惰《たいだ》】の領域における最大規模のギルドだ。そのメンバーは二百人を超《こ》えると聞いた。その三分の一、七十人近くが抜《ぬ》けたのか。

たぶんその七十人ほどで新たなギルドを立ち上げるのだろう。それでもかなりの大所帯ギルドだが。

「ギルド分裂か……。大所帯には大所帯の苦労があるんだろうなあ……」

「でしょうね。みんなの意見をまとめなきゃいけませんし、場合によっては一個人の意見など無視することもありますからね」

多数決万歳《ばんざい》ってか。無視される方は面白《おもしろ》くないよな。そんなことを考える僕にマスターは話を続ける。

「【エルドラド】は一軍と二軍に分かれていて、基本的に攻略《こうりゃく》組と言われているのはギルマスのゴールディが率いる一軍なんだそうです。二軍は情報、資金、素材集めなんかをさせられているとか。そのランク付けのような体制をサブマスのエミーリアさんは嫌《きら》っていたようで……。いずれこうなるとは言われていましたけど……」

なるほど。起こるべくして起こった分裂ってことか。でもお互《たが》いのためにもそっちの方が……。

……あれ？

サブマスのエミーリア？　確かさっき来たメールの差出人もエミーリアだったよな？

ギルドやプレイヤー名さえわかれば個人メールを送ることは可能だけれども、まさか……。

ウィンドウを開いてメールボックスからメッセージを取り出す。っと、これは……！

「どうしたんだい？」

「いや……。その【エルドラド】の元サブマス、エミーリアさんが僕に会いたいって……」

「……は？　なんで？」

しばらくアレンさんはポカンとした顔でこちらを見ていた。なんでかなんて僕にもわからんよ。

DWO:05:05 エルドラドとザナドゥ

【Game World】

ギルド【エルドラド】のサブマスター……いや、元サブマスターであった、エミーリアというプレイヤーからの招待に応じて、僕は第三エリアの湾岸《わんがん》都市フレデリカにやってきた。

ここには【エルドラド】のギルドホームがあるそうだが、僕が来るように指定された場所はそこではなかった。まあ、ギルドから離脱したのだから当たり前といえば当たり前なんだけど。

僕が指定された場所はフレデリカでも海沿いにある大きなレストランだった。

「レストラン『ベル・エキップ』……。ここか」

マップで確認してから門をくぐる。古びた洋館のような佇《たたず》まいのそのレストランはなかなか洒落《しゃれ》た雰囲気を醸《かも》し出している。これってプレイヤーの店なのかな？

カララン、とドアベルを鳴らしながら入口の扉を開く。中へ入ると給仕《きゅうじ》姿の【夢魔族《インキュバス》】の青年が出迎えてくれた。NPCの人だな。

……ってことは宇宙人ってことか。ううむ、この認識《にんしき》がまだ慣れない……。

「いらっしゃいませ。『ベル・エキップ』へようこそ。お一人様でございますか？」

「あ、えと、ここで待ち合わせをしている者なんですけど……」

「ご予約の方ですね。お名前をお伺《うかが》いしても？」

「あー、シロ、です」

【夢魔族《インキュバス》】の青年はウインドウを開いてなにかを確認すると、深々と頭を下げた。

「ようこそ、シロ様。エミーリア様より承《うけたまわ》っております。こちらへどうぞ」

ギャルソンの青年についていくと、陽当《ひあ》たりのいい店の一角にいた二人の女性が席から立ち上がった。

どちらも種族は【魔人族《デモンズ》】。一人はセミロングの金髪《きんぱつ》をウェーブにした眼鏡の女性で、白系統の革鎧《かわよろい》を装備している。アシンメトリーの装備からして弓使いかな？

もう一人は黒髪《くろかみ》ショートの女性で、金属鎧を纏《まと》っているが重装備ではない。腰には剣《けん》。騎士《きし》タイプではなく剣士《けんし》タイプのプレイヤーと見た。女性に対して失礼なのかもしれないが、凛々《りり》しいという言葉がぴったりな人だ。中性的な雰囲気がある。

「初めまして、シロさん。お招きに応じていただきありがとうございます。私がギルド【ザナドゥ】のギルマス、エミーリアです。こちらはサブマスのクローネ」

「【ザナドゥ】?」

「【エルドラド】から離脱したメンバーで設立した新ギルドですわ」

さっそく新ギルドを設立したのか。【エルドラド】に【ザナドゥ】ね。どっちも伝説の都とかだっけ?　いや、ザナドゥは実在するんだっけか。ま、どうでもいいけど。

とりあえず二人と握手《あくしゅ》をし、席に座った。

「で、僕に話ってなんですか?　心当たりがないんですけど……」

二人に対し、僕からすぐに本題を切り出した。まず目的がわからないとどう対応したらいいかもわからないからな。

「……そうですね、では用件を言わせていただきます。シロさん。私達《たち》はあなたが『調達屋』ではないかと睨んでいます」

「っ……!」

ドキリとした表情を抑《おさ》えられただろうか。早鐘《はやがね》のように鳴り続ける心臓を落ち着かせ、ゆっくりとコップの水を飲む。

「『調達屋』？　いったいなんのことだか……」

「ギルド【六花《りっか》】。『氷剣』のアイリスさんが所属するギルドですが、知っていますね？」

「……まあ、名前だけは」

もちろん嘘である。ギルド【六花《りっか》】と言えば、ソロモンスキル【クロケルの氷刃《ひょうじん》】を持つアイリスがいるギルドだ。本人を知っているし、フレンド登録もしている。

彼女《かのじょ》は僕が『調達屋』だと知っている。口止めしといたんだが、そこからバレたか？

「彼女が持つ細剣、『ブルーローズ』。これを製作依頼《いらい》された鍛冶スキルを持つプレイヤーが、たまたまうちの……いえ、【エルドラド】のギルドメンバーと懇意《こんい》にしてまして。聞いたところによると『ブルーローズ』にはAランク鉱石がかなりの数使われているそうです」

「……オークションとかで手に入れたんじゃないですか？」

武器製作サイドから漏《も》れたのか。だけどAランク鉱石は全く手に入らないモノではない。ランダムボックスや、ガチャチケットで手に入れることだってできるのだ。実際、オークションに出されたこともあるらしいし。僕と直結させるには難しいと思うんだが。

「ええ。確かにアイリスさんはオークションでAランク鉱石を競《せ》り落としていました。ですが、その数を合わせても、とても『ブルーローズ』を作った数に足りない。しかも同じギルドメンバーのソニアさんの剣までAランク鉱石で作られたとか。間違いなくこの二人には『調達屋』が絡《から》んでいると睨みました」

「………………」

やっべ。なんか嫌《いや》な汗《あせ》が出てきたんですけど。VRなのに冷汗《ひやあせ》って出るの？

「問題はアイリスさんたちがどこで『調達屋』と接触《せっしょく》したか。彼女たちの周囲に怪しい人物はいないか。調べたところ、とても怪しい場所を見つけました。それが雑貨屋『パラダイス』です」

おおう……。脂汗《あぶらあせ》まで出てきた。僕がヤバげなアイテム卸している店まで突《つ》き止《と》められてる。よく考えたらあんな怪しい店、真っ先に疑われるよな……。これはトーラスさんのセンスのなさが悪いんじゃ？

「雑貨屋『パラダイス』には珍《めずら》しい品がたくさんある。大抵《たいてい》が一点物だったりするが、どこで手に入れたのかわからない素材でできていたりする。なによりも不思議なのは、まだ第三エリアまでしか解放されてない頃《ころ》に、第四、、、エリアに棲息《せいそく》するモンスターのドロップ品が使われていたことだ」

畳《たた》み掛《か》けるように、エミーリアさんの隣にいたクローネさんが口を挟《はさ》んできた。

ぬ、う。先々のエリアの物を先んじて手に入れている以上、いつかはそこに気付かれるとは思っていたが……。

「『パラダイス』は『調達屋』から素材を手に入れていると見て間違いないと思います。では『調達屋』は誰《だれ》なのか？」

「……ランダムボックスとかガチャで手に入れた物では？」

「確かにその可能性もあります。しかし私達はこう考えています。『調達屋』はエリアや領国を超えて、移動できるスキルを持っているのではないか？　と」

はい、当た～り。なんでそこまでわかるかな⁉　なに？　あなた、名探偵《めいたんてい》の孫かなんかなの⁉

「そして確信を持ったのはこのＳ Ｓ《スクリーンショット》を見てからです」

ピッ、とエミーリアさんがウィンドウを開くとそこに一枚のＳ Ｓ《スクリーンショット》が現れた。

男女四人のプレイヤーが町の中で馬鹿げたポーズをとっている写真だ。僕は知らない人たちだけど。

んん？　エミーリアさんに似た女の子のプレイヤーがいるな。でも、これがなんだっていうのだろう？

「これは私の妹のSNSに上げられていたSSです。これ自体は普通の記念ショットでしかありませんが……。ここ。ここを見てください」

エミーリアさんが画面の一部を拡大する。町ゆく人々の中に、見慣れた人物がいた。白い頭で白いマフラーをした僕が。

ありゃ、写り込んでたのか。

「シロさんですよね？」

「みたいですね。だけどこれがなにか？」

「妹は【傲慢】の領国のプレイヤーです。なぜ【傲慢】の領国の町に、【怠惰】のプレイヤーであるあなたがいたのかお聞きしても？」

……マズい。言い逃《のが》れできない証拠《しょうこ》が出てきてしまった。こんなのがあったら、そら気付くわ！　ど、どうすれば⁉

「実は僕は双子《ふたご》で」

「このマフラーにあるギルドエンブレムは【月見兎《うさぎ》】の物ですよね？」

「ドッペルゲンガーが」

「そのようなモンスターの出現報告はまだありませんが」

「…………僕です」

「ありがとうございます」

くそう、負けた……。エミーリアさんの目力《めぢから》がすごいんだよ！　獲物《えもの》に狙《ねら》いをつけたハンターみたいでさ！

「安心して下さい。これが載《の》ったSNSは身内しか見ていませんし、妹に頼んでこのSSは消去済みです。他の方にバレることはないでしょう」

「そりゃどうも……」

それをどこまで信用していいものかわからないが、とりあえずそう答えるしかない。このSSが掲示板《けいじばん》にでもアップされてみろ。僕は他の領国への扉が解放されるまで町を歩けなくなるぞ。

「で？　僕にどんな御用《ごよう》ですか？」

こうしてバレた以上、もはや取《と》り繕《つくろ》っても仕方がない。僕になにをさせたいのか？　ま、なんとなくわかるけど。

「私たち二人にもAランク素材をお譲《ゆず》りいただきたいのです。できれば一週間のうちに。もちろん相場の、いえ、それ以上のお金を払《はら》いますので」

返されたエミーリアさんの言葉は予想した範疇《はんちゅう》だったが、一週間以内ときたか。なにか急ぐ理由でもあるのだろうか。

「理由をお聞きしても？」

「一週間後に私たち二人は【ＰｖＰ】で戦わなければなりません。万全《ばんぜん》の準備をしておきたいのです」

「【ＰｖＰ】？　プレイヤー戦をするってことですか？」

「私たちは【エルドラド】から離脱《りだつ》して作られたギルドだ。当然、ギルドではギルド所有のアイテムなどがあるんだが、これの分配で少し揉《も》めていてね」

クローネさんが苦笑《くしょう》気味に答える。なんというかこの人、女性にしては男っぽい話し方するな……。

『ＤＷＯ《デモンズ》』では性別を偽《いつわ》れないから女性ではあるのだろうけど。歌劇団で男役とかしてそうだ。

「中には第四エリア攻略に必要じゃないかとされるアイテムもある。お互い譲れなくてね。結果、二対二のタッグマッチで【ＰｖＰ】を行い、決着をつけることになったんだ」

ははあ、なるほど。大きなギルドだとそういったことで揉めることもあるのか。大変だな……。

「しかも負けたら【ザナドゥ】を解散して【エルドラド】に戻れって条件付きでね。まったく相変わらずワガママなお姫様《ひめさま》だよ」

「お姫様？　【エルドラド】のギルマスは女性なんですか？」

「あれっ？　うちの……あ、いや、【エルドラド】のギルマスを知らないの？」

知りませんが。知り合いでもないし。え、なに、有名な人？

きょとんとする僕にエミーリアさんが声をかけてきた。

「失礼ですが、シロさんはあまりテレビなどを観《み》られないのでは？」

「え？　ああ、まあ、そうですね。あまり観ないですね」

島にいた時はチャンネルが少なかったし、伯父《おじ》さんとの稽古《けいこ》で疲《つか》れてすぐ寝《ね》ちゃってたからな。

こっちに来てからは、引っ越《こ》しや『DWO《デモンズ》』に夢中になっててニュースくらいしか観てない。

でもなんでそんなことを？

「金城《きんじょう》つきひ。今売り出し中のティーンアイドル。ご存《ぞん》じありません？　けっこうテレビにも出てますけど」

「えーっと、すみません、知りません……」

アイドルなんかわからんよ。あまり周りにそういう趣味《しゅみ》の人もいなかったしさ。クラスの女子が、なにか男性アイドルのことで騒《さわ》いでいたりしたのは見たことあるけど。

「で、そのアイドルがなにか？」

「その金城つきひが【エルドラド】のギルマス、ゴールディだよ」

「えっ⁉」

アイドルがギルマス？　えっ、身バレしてんの？　それ大丈夫なのか？

「もともとゲーム好きってキャラで売り出してたからね。ＳＮＳとかでも自分のアバターを公開してたし、隠《かく》してるわけじゃないんだよ。どっちかというとそれを売りにしてる」

「でもそれって、変なのが押《お》しかけてきたりするんじゃ……」

現実世界ならまだしも、ＶＲでは様々なことができてしまう。嫌がらせとかされたりするんじゃなかろうか。

「押しかけてはくるけど、ＶＲの方が登録に身分証明の認証《にんしょう》が必要な分だけ、処理しやすいよ。迷惑《めいわく》なプレイヤーは運営に通報するし、直接的な接触は周りのギルドメンバーが排《はい》除《じょ》するしね。実際何人か迷惑行為《めいわくこうい》でアカウント剥奪《はくだつ》された奴《やつ》もいるよ」

『ＤＷＯ《デモンズ》』でのアカウント剥奪はかなりキツい。なぜなら副アカウントを取れないからだ。一度アカウントを剥奪されてしまうと二度とゲームで遊ぶことはできない。

それ故《ゆえ》によほどのことでもなければ剥奪なんかされないのだが、悪質な嫌がらせ、迷惑行為、セクハラ、犯罪行為《こうい》、規約違反《いはん》などで一発アウトされることもある。

管理されているゲーム内での行為は、全ての証拠が残っていると見ていい。『誰々《だれだれ》にこういうことをされた』と通報があれば、すぐさま運営は確認《かくにん》ができるのだ。それにより度を過ぎた迷惑行為だと判断されれば、アカウント剥奪となる。

「【エルドラド】のメンバーはほとんどゴールディ……金城つきひのファンで構成されています。言ってみれば彼女のファンクラブみたいなものですよ」

だから二百人以上もギルドメンバーがいるのか……。いや、アイドルのファンの数としては少ないのかな？　よくわからないけど。

「ああ、【エルドラド】はギルドに入るのに選抜《せんばつ》試験があるからね。誰でも入れるってわけじゃないんだ。以前はそうじゃなかったんだけど、入ったギルドメンバーでやらかした奴がいてね。それ以来、ギルドメンバーは選ぶようになったんだ。入ったとしても【エルドラド】にはランク分けがあって、入ったばかりのメンバーなんかはゴールディには近寄ることもできないけどね」

なるほど。しかし、変な奴を近づけさせないためってのはわかるけど、ちょっとやり過ぎな気もするな。

「もちろんメンバーには彼女のファンではなく、純粋《じゅんすい》にゲームを楽しみたいというプレイヤーもいました。主に私たちのような初期メンバーですね」

「私たちはゴールディが金城つきひとは知らずにギルドに入ったからね。最初の頃はみんなで楽しんでたんだけど……」

なんかしんみりしてしまった。話を切り替《か》えよう。

「とにかくその【エルドラド】とタッグマッチの【ＰｖＰ】をして勝つために装備強化が必要なんですね？」

「そういうことです。お願いできますか？」

「お二人の職業は？」

「私が『射手《アーチャー》』、クローネが『剣士《フェンサー》』です」

見た目通りか。すると弓と剣、木材と鉱石。防具としてはどちらも軽装らしいし、それほど素材はいらないだろう。まあ、なんとかなるかな。

僕はインベントリからＡランク鉱石である『星鉱石』と、同じくＡランクの木材である『マルグリッドの原木』をトレードウィンドウに表示させた。

「こ、これは……！」

「Ａランクの木材まで……！」

目の前に表示された物に二人とも釘付《くぎづ》けになっている。まあ、仕方ないか。

「これらがいくつ必要ですか？　足りなければ取りにいかないといけないので」

「え、あ、ああ、ええっと、こちらの原木は三本ほどで大丈夫だと思います。鉱石の方は剣と鎧、合わせて八個もあれば……」

ふむ。原木の方は間に合うな。鉱石の方は『硫黄《いおう》の玉』の件でリンカさんにほとんど渡《わた》してしまったから、補充《ほじゆう》しないといけないか。まあ、一日もあれば集まるけどさ。

「じゃあ、原木の方はいま渡しておきます。鉱石の方は明日までに揃《そろ》えるので……」

そこまで話した時に、カラランと、ドアベルの音が鳴った。客か。

入口の方へ視線を向けると、何人かのプレイヤーがやってきたようだった。

「あっ……」

「む……」

入口の方をチラ見したエミーリアさんとクローネさんが小さく声を上げる。ん？　知り合いか？

もう一度入ってきたプレイヤーの方に視線を向けると、その中の一人がこちらへ向けてズンズンとやってくるのが見えた。

長い金髪ツインテールに、瞳《ひとみ》は赤と青のヘテロクロミア。歳《とし》は十三から十四くらいで中学生か？　整った顔立ちは可愛《かわい》らしいが、現在その目はムッと吊《つ》り上げられている。

杖《つえ》を持っているところを見ると魔法使《まほうつか》い系のジョブらしいが、フリルとリボンのついた衣装《いしょう》はまるでステージ衣装のようだ。あ。ひょっとして？

「久しぶりね。エミーリア、クローネ」

「ゴールディ……」

腰《こし》に手をやり、睨みつけるように少女が二人に話しかけた。やっぱり。

「こんなところで作戦会議？　今なら許してあげなくもないわよ？」

「許す？　許してもらう必要はないわ、ゴールディ。お互い考えが違うのだから、違うギルドにした方がいいでしょう？　今度の【ＰｖＰ】はこれまでのケジメよ。私たちについて来てくれたみんなのためにも必ず勝つわ」

「ぐむう……」

ゴールディと呼ばれた少女がますます眉根《まゆね》を寄せる。

すると、ゴールディの横にいた黒い鎧を着込《きこ》んだ金髪プレイヤーがエミーリアさんの前にずいっと出てきた。

「ずいぶんと自信があるようだが、俺《おれ》たちに勝てるのかい？　今まで何回か【ＰｖＰ】対戦《たいせん》してきたけど、あんたたちに負けたことはほとんどないんだがなあ」

「くふふ。ボクらは『コロッセオ』でベスト32入りした腕前《うでまえ》ですからねェ。無理もないですけど」

もう一人、一緒《いっしょ》にいたメガネのオカッパプレイヤーが変な声で笑う。……ベスト32って微妙《びみょう》な気もするけど……。

いや、この【怠惰】内で上位32人ってことだから強いのか……？　でも『コロッセオ』の戦いはギルドに所属してないと参加できなかったしなあ。他に強いソロプレイヤーもたくさんいそうだが。

というかその『コロッセオ』で準優勝したガルガドさんと僕らよく【ＰｖＰ】してるんだけど……。勝ち負けでいったら負け越しているが、そこまで圧倒的《あっとうてき》な差はない気もするんだが。

「ところであんた誰？　見ない顔だけど」

「え、僕？　あー……、単なる取引相手です。どうぞお気遣《きづか》いなく」

あまり関わり合いになりたくなかった僕は、ゴールディにそう答えた。どうか構わないで下さい。空気だと思ってくれれば。

「あっ、こいつ『ウサギマフラー』っスよ！　『ＰＫ殺し』の！　あのマフラー、間違《まちが》いないっス！」

「『ウサギマフラー』？」

僕がせっかく空気になろうとしているのに、ゴールディの後ろにいた、いかにも下っ端《したっぱ》

みたいな喋《しゃべ》りをするプレイヤーがこちらを指差してきた。おのれ、余計なことを。

というかなんだその『ＰＫ殺し』ってのは。たぶんＰＫ《プレイヤーキラー》であるドウメキを倒《たお》したことからなんだろうけど。確かに【ＰＫＫ《プレイヤーキラーキラー》】って称号《しょうごう》を持ってるけどさ。

「『ＰＫ殺し』……。ふうん、そういうこと。そいつに特訓を頼んだってわけね」

「いえ、そういうわけでは……」

「ふん、隠さなくったっていいわよ。でもそんなんで勝てると思わないことね！」

エミーリアさんの言葉を遮《さえぎ》ってゴールディがビシッと指を突きつける。なんだろう、人の話を聞かない子だな。

「思い出した。こいつ【スターライト】の寄生ギルドのやつだろ。【スターライト】にくっついて、第三エリアボスの初討伐にちゃっかり乗っかったギルドの」

黒鎧のプレイヤーが発した言葉に僕は心の中でムッとする。

『寄生』とはその名の通り、強いプレイヤーと共に行動し、そのおこぼれをもらうだけの行為を指す。自分では努力せず、他人の力を当てにして、楽して利益を得ようとする嫌われる行為だ。

どうやらこいつは僕らをアレンさんたち【スターライト】にくっついて行っただけの、腰巾着《こしぎんちゃく》ギルドだと思っているらしい。

「ＰＫを倒したってのも胡散臭《うさんくさ》いぜ。弱ってた奴を狩《か》ったか、なんかインチキをしたんじゃねぇのか？　どうなんだ、おい」

あまりにも馬鹿馬鹿しい話に呆《あき》れ返る。なんだその短絡的《たんらくてき》な考え。調子に乗ってる中学生かな？　そう思ったら思わず笑いが出てしまった。

「なにがおかしい！」

「いや？　二百人もギルドメンバーがいながら、まったくボスまで辿《たど》り着けなかった形ばかりの大手ギルドが囀《さえず》るなあと思って」

「なんだと⁉」

僕の言葉に【エルドラド】のメンバーが怒《いか》りの視線を向ける。言っとくけど最初に喧嘩《けんか》を売ったのはそっちだからな？

「シロさん、それ私たちにも刺《さ》さります……」

エミーリアさんがなんともいえない顔でそんな言葉を漏らす。ありゃ。すみませんね。

一触即発《いっしょくそくはつ》の中、ゴールディが僕を睨みつける。

「いい度胸してるじゃない。私たち【エルドラド】に喧嘩を売るなんて」

「別に喧嘩を売るつもりはないけどね。こんな奴らばかりだと、エミーリアさんたちが辞《や》めたくなる気持ちもわかるなって」

「ゴールディさん！　こいつ俺らをナメてますぜ！　ふざけやがって！　おい！　表へ出ろ！　『ＰＫ殺し』を殺してやっからよ！」

黒鎧がそう叫《さけ》び、【ＰｖＰ】の決闘申請《デュエルしんせい》が送られてくる。ふん、デスマッチか。面白い。

いいよ、やってやるよ。売られた喧嘩は買う主義だ。

僕は【ＹＥＳ】を押して参加を承認《しょうにん》し、レストランの外へと出る。波止場《はとば》近くなので通りは広い。まさにストリートファイトってわけだ。

ゴールディら【エルドラド】の面々に加え、エミーリアさんとクローネさん、その他の野次馬《やじうま》も集まってきた。

【ＰｖＰ】の審判《しんぱん》である三頭身のデモ子さんが、ポンッと空中に現れる。

『【ＰｖＰ】が成立しましたですの。カウントダウンを始めますの』

黒鎧が腰の剣を抜く。盾《たて》無しか。『剣士《フェンサー》』だな。

「ウサギ野郎《やろう》が……！　ぶっ殺してやる！」

黒鎧が喚《わめ》き散らす。面倒《めんどう》だ。初めから全力でいこう。僕《ぼく》のスキル構成は初見殺しだからな。その方がいい。とにかく手数と連続コンボだ。

『決闘開始《デュエルスタート》！』

「【分身】」

「なっ⁉」

ＨＰが六十四分の一になる。いきなり七人に増えた僕に、金髪黒鎧が驚《おどろ》きの声を上げた。

しかしその驚きを待ってやる気はさらさらない。

「【加速】」

「えっ……⁉」

七人の僕が一瞬《いっしゅん》にして黒鎧との距離《きょり》を詰《つ》める。

そこからの――――。

「【双星斬】」

「がっ⁉」

星形の軌跡《きせき》を描《えが》く左右合わせての十連撃。合計七十もの斬撃が黒鎧に叩《たた》き込《こ》まれる。【分身】の効果でＨＰ、【加速】の効果でＭＰは激減しているが、ＳＴ《スタミナ》はまだある。

まだいける。ここから……っ！

「【スパイラルエッジ】――――からの」

七人が回転しながら上昇《じょうしょう》し、中心にいる黒鎧を切り刻む。手にした『白焔《びゃくえん》・改《かい》』と『黒《こく》焔《えん》・改《かい》』から追加効果が発現し、炎《ほのお》の竜巻《たつまき》が巻き起こった。

「【ダブルギロチン】」

そしてそのまま、上から手にした二刀をピヨってる黒鎧へ叩きつける。

七人分、十四の刀身を受けた黒鎧はその場にバッタリと倒れ、あっさりと光の粒《つぶ》になった。

『決着！　勝利プレイヤー【シロ】！』

デモ子さんが僕の勝利を宣言し、【ＰｖＰ】が終了《しゅうりょう》する。

あれ？　もう終わり？

【怠惰（公開スレ）】雑談スレその463

001：ゼルタ
ここは【怠惰】の雑談スレです
有力な情報も大歓迎
大人な対応でお願いします

次スレは>>950あたりで宣言してから立てましょう

過去スレ：
【怠惰】雑談スレその1～462

211：ガタン
ウサギが凶悪な進化を遂げていた件について

212：ウポンゴ
動画のアレか

213：ランデミック
瞬殺やで……

214：アンドーフ
あんなのチートだろ。ぜってぇ勝てねー

215：ゲルト
いや、【分身】は分かれるごとにＨＰが半分になっていくからな
たぶん一撃入れられたらウサギさんの方が死んでた

216：アクライア
ってーと、七人いるから1/64？　かなり減るな

217：カルワソンヌ
つうか対戦相手のやつ、ウサギさんのこと知らんかったのか
【分身】なら事前に知ってれば対処しようもあるのに

218：キルラッキー
>>217
いや、あのスピードだと対処しようもない希ガス

219：ズォルキン
>>217
初手を防がないとどうしようもない
コンボだろ、あれ

220：アンドーフ
>>219
７方向からくる攻撃をどう防げと？

221：ウポンゴ
初手を完全防御でなんとかやり過ごす
そして【カウンター】で一撃入れて勝利

222：ガタン
ウサギさんの一撃より早く当てれば勝つる

223：キルラッキー
>> 221
盾役じゃないと凌げないのですがそれは

224：ランデミック
この対戦相手って強いの？

225：カルワソンヌ
一応、コロッセオでベスト 32 には入ってる
それなりに強い……はずだが

226：アンドーフ
>> 225
説得力ナス

227：ゲルト
【エルドラド】の前衛様やで

228：アクライア
あのギルドはつっきーのファンギルドだからなあ
数は多いけど、実力派かというと……

229：ラズール
かわいいよね、つっきー
性格はちょっとアレだけど

230：ズォルキン
>> 229
そこに異論はない

231：ガタン
>> 229
>> 230
ロリかお前ら

232：カルワソンヌ
【エルドラド】は資金力と人材は多いからな
装備なんかはかなりいいもの使ってる
対戦相手のあの鎧もブラックメタルアーマーだろ

233：ラズール
>> 231
かわいいは正義だぞ

234：アクライア
>> 232
その鎧が一撃でやられたわけだがｗ

235：キルラッキー
というか、なんで【エルドラド】とウサギさんが【PvP】してんの？

236：ゲルト
わからん
動画撮ってたやつも、なんで？　ってなってたし

237：カルワソンヌ
動画の最後の方でウサギさんと話してたの【エルドラド】のサブマスだぞ
あ、『元』な

238：ウポンゴ
分裂したんだっけ？

239：カルワソンヌ
そう
初期メンバーと三分の一が抜けた

240：キルラッキー
【エルドラド】って第五エリアの扉見つけたって動画に上げてたけど、あれってどこなの？
氷漬けの扉のやつ

241：ゲルト
わからん。南の方のどこかだと思うが

242：アクライア
扉だけ見つけてもな
どうやったら開くのさ

243：ガタン
エリアボスは見つかってないんだろ？
第三エリアの時みたく、なにかトリガーがあるのかねぇ

244：ランデミック
エリアボス倒せば氷溶ける？

245：ゲルト
可能性は高い

246：キルラッキー
三エリア連続一番乗りの【スターライト】はなにしてんの？

247：カルワソンヌ
【エルドラド】も毎回いいところまでいくんだけどな
もう一歩【スターライト】に及ばない

248：ウポンゴ
>> 246
こないだ北東のパズルダンジョンをクリアしたとか聞いたけど

249：ラズール
あそこクリアしたんか……
機械式時計が六つないと無理だぞ
同時押しがシビアすぎる

250：ズォルキン
>> 249

もっと【魔工学】持ちが増えてくれないとなんともならん

251：アンドーフ
>> 247
【エルドラド】はどうしてもつっきーのファンで固められたギルドになりがちで、周りとあまり連携が取れてない気がする

252：ガタン
>> 251
それな
俺あんまり金城つきひ知らんのだけど、そんな人気あんのか？

253：ゲルト
なんとも微妙

254：キルラッキー
かわいいことはかわいい

255：ラズール
>> 253
なにを言うか
『初恋ボディブロー』一億回聴け

256：ランデミック
人気あるというか、特定の人気って感じ？
もともと子役やってて、ゲームジャンルから売れたアイドルだから、そっちの方はウケがいいけど、万人向けかと言うと……

257：ウポンゴ
>> 255
なんかのアニメ主題歌だっけ？

258：ゲルト
金城つきひは小さいくせにけっこう態度デカいってイメージだわ

259：アンドーフ
気分屋で好き嫌いが激しいとかネットで見た
マネージャーをこき使ってるとか、ロケ弁に文句つけるとか

260：ガタン
>> 259
アンチの無責任な噂かもしれんが、それが本当ならメンバーも抜けるわ

261：ラズール
わがままお姫様なのがキャラじゃんか
そこがいいんだろうが！
わからんかな！？

262：ランデミック
>> 261
わからん

263：アンドーフ
>> 261

わからん

264：ウポンゴ
>> 261
Mかお前

265：ズォルキン
>> 261
わかる

266：アクライア
>> 265
わかっちゃったよｗ

267：ガタン
>> 265
わかるんかい

268：ゲルト
しかし【エルドラド】が分裂した今、やはり【スターライト】に第四エリア突破を託すしかないのかね？

269：カルワソンヌ
>> 268
自分でやれ
怠けんな

270：ゲルト
>> 269
【怠惰】だけに無理

271：アンドーフ
というか、【嫉妬】の第五エリアとつながる道は見つからんのか

272：キルラッキー
他の領国でもまだ見つかってないしね

273：ランデミック
隣の領国に行けるようになったら、生産職が作れるものの幅が広がるのに

274：ウポンゴ
そのまた隣の領国にも行けるようになればどんどん行動範囲が広がるぞ

275：ズォルキン
【暴食】の第四エリアから【怠惰】の第五エリアに来てくれれば、って、こっちが第五エリア行けなきゃ意味ないわぁ……

276：アクライア
下手すると自国のプレイヤーより隣国のプレイヤーが第五エリアに初到達ってあり得るの？

277：ガタン
さすがにそれはないと思うけど
まず自国の第四エリアを突破しないと隣の領国には行けないんとちゃう？

278：キルラッキー
ボスの影も形も見えないのですがそれは

279：アンドーフ
なにか情報ないのかよ

280：ウボンゴ
>> 278
雪山にいると予想

281：ゲルト
すると第四エリアのボスはイエティか

282：アクライア
いやそこはスノーマンだろう

283：ランデミック
雪女だな

284：ズォルキン
氷の女王だな

285：ラズール
シロクマ

286：カルワソンヌ
熊はもう出たっつーの

287：アクライア
どっちにしろ氷属性対策をしとけってことか

288：ズォルキン
第四エリアに来てる以上それはしてるけど、それだけじゃあかんの？

289：ガタン
凍結攻撃をしてくるやつもいるからな
ボスもおそらくするんじゃない？

290：アクライア
対策方法は？

291：カルワソンヌ
【不凍】スキル

292：ランデミック
どこで手に入る？

293：アンドーフ
凍結攻撃は石化攻撃と同じで死ぬまで時間かかるからなにげにキツい

294：カルワソンヌ
>> 292
フローズンスライムを狩ってるとまれに手に入る
入手率は低い

金があるなら露店で買った方がいいかも

295：ラズール
まだボスも見つかってないのにみんな先走り過ぎ

296：ウボンゴ
見つかってからじゃ遅い
あっという間に売値が跳ね上がるぞ

297：ゲルト
【スターライト】でも【エルドラド】でもいいからさっさと見つけてくれんかな

298：カルワソンヌ
だから人任せにするなというに

299：アンドーフ
【エルドラド】ＶＳウサギの続きも気になる

300：ランデミック
おい、公式サイトでアップデートの発表してるぞ

301：キルラッキー
マジで！？

302：ゲルト
マ？

303：ガタン
ホントだ
【奥義書】の実装？

304：ラズール
なに【奥義書】って？

305：カルワソンヌ
新たな戦技の解放……？
【奥義書】を手に入れることにより、新たな戦技を習得することができる……スキルオーブの戦技版だな

306：アンドーフ
熟練度上げなくても覚えられんの？

307：アクライア
みたいだな
覚えられる条件はあるみたいだが

308：ウボンゴ
つまり同じ武器使いやジョブでも、それによって戦い方に明確な違いが出てくるってことか

309：ランデミック
これは【奥義書】コレクターが出てくるフラグ

310：アンラッキー
千の戦技を持つ男になれる

311：カルワソンヌ
>> 310
いや、武器とかによっても使えないのもあるだろうし無理だろ

312：アンドーフ
>> 310
さすがに千もないだろ
百くらいならなんとか

313：ラズール
>> 311
持ってるだけで使えないってオチ？

314：ガタン
ＮＰＣの店では売ってないのか
これはどこかの山奥にいる師匠に弟子入りするイベントがあるな

315：アンラッキー
探せってこと？

316：ランデミック
しばらくすればプレイヤーが売りに出すと思うけど

317：ゲルト
>> 315
ガチャれ

318：カルワソンヌ
公式サイトにあるプロモ動画いいな
火属性の戦技

319：ウボンゴ
【炎舞剣】な
【炎舞剣の奥義書】を使えば習得できるのか
【剣術】スキルが必須らしいけど

320：ラズール
欲しい
どこにあるんだ……

321：アクライア
第四エリアのボスだけじゃなく、探すものがまた増えた

322：ズォルキン
ひょっとしてＮＰＣの強いキャラに教えてもらうんじゃなかろか？
冒険者とか、大騎士とか

323：ガタン
可能性はあるな

324：アンドーフ
やっぱ弟子入りか

325：ウボンゴ
これ【奥義書】が戦技オーブってことは、魔法オーブでもあるってことだよな？

326：ゲルト
特殊系の魔法を覚えられるかもしれんね

327：キルラッキー
時を止める魔法を下さい

328：アクライア
無敵すぎだろ

329：ラズール
動物たちと話せる魔法を

330：ズォルキン
なんてメルヘン

331：カルワソンヌ
>> 329
【獣使い《テイマー》】とか習得できそうではあるな

332：ガタン
モンスターとかとも話せるようになると倒しにくくなる気もする

333：キルラッキー
おいら怪しいゴブリンじゃないよ！

334：ウボンゴ
【魔獣使い《モンスターテイマー》】ならできるのかも

335：アンドーフ
>> 333
間違いなく斬る

336：ゲルト
【奥義書】関連でクエ多くなりそうだな

337：ランデミック
町中の個人クエストとか増えてそう

338：ラズール
それって町の人を助けてたらお礼として【奥義書】が！　みたいな？

339：カルワソンヌ
ないとは言い切れない

340：キルラッキー
スキルもそんな感じでもらったりしたしね

341：アクライア
このゲーム、ＮＰＣと仲良くしておくといろいろ良いことがあるよな
いや、普通の人間関係もそういうもんだろうけど

342：ゲルト
完全にＮＰＣに嫌われているプレイヤーもいるがな

343：ガタン
ＮＰＣに傍若無人に振る舞っているからだろ
ゲームだからと舐めて、好き勝手にしてるとあっさりと賞金首になる

344：ランデミック
お子様プレイヤーが傍若無人になるかと思っていたが、意外とないんだよなあ
どっちかというとオッさんの方がタチ悪い

345：カルワソンヌ
低年齢プレイヤーは保護者いないとプレイできないからね
そりゃルールを守るよ
破ったらゲームできないんだから

346：アンドーフ
>> 344
オッさんがＮＰＣの女の子にセクハラしてるの見たぞ
騎士団にしょっぴかれていったがな
間違いなくオレンジで次やればレッドネームだ
そして【前科者（異常性欲者）】の称号を得る

347：ウボンゴ
女は一切近づかなくなるな

348：ラズール
いいことだ
レッドネームになったら町には入れないからＮＰＣの女の子たちも安心だろう

349：ガタン
>> 346
これプレイヤーにやってたら、相手側にマジで訴えられる案件だからな

350：キルラッキー
どこまでがセクハラか難しいにゃあ
ＮＰＣの女の子をずっと眺めているのはおｋ？

351：ランデミック
気持ち悪がられるだろうが、まあ、捕まりはしないと思う

352：キルラッキー
じゃあ家に帰るのをずっと眺め続けてついていくのは？

353：ゲルト
バリバリアウトだ、このストーカー野郎

354：ウボンゴ
>> 352
アウト

355：アンドーフ
>> 352

おまわりさん、コイツです

356：アクライア
>> 352
通報しますた

・
・
・

DWO:05:06　波止場の戦い

【Game World】

元【エルドラド】のメンバー、現在はギルド【ザナドゥ】のギルマスとサブマスである、エミーリアさんとクローネさんからの依頼は難なくこなすことができた。

ついでといったらなんだけど、二人の装備の製作をリンカさんに頼《たの》んでみたらどうかと提案した。大手ギルドには大抵専属で生産職のプレイヤーがいるが、脱退した二人には【エルドラド】の生産職プレイヤーに作ってもらえないんじゃないかと思ったので。

それにリンカさんの『魔王の鉄鎚《ルシファーズハンマー》』と【復元】スキルなら狙った属性を付けることも可能だし。

対戦相手の弱点属性を付けることができれば有利に試合を運ぶことができるだろう。

噂《うわさ》だと僕と対戦したあの金髪黒鎧のプレイヤーは、【エルドラド】のギルマス、ゴールディに対戦相手から外されたらしい。悪いことしたかな、とチラッとだけ思ったが、すぐに忘れた。

リンカさんの手によりエミーリアさんの弓と、クローネさんの剣が完成したので、僕らは再びあのレストラン『ベル・エキップ』で待ち合わせをしていたのである。

「これがエミーリアさんの弓で、こっちがクローネさんの剣です。それぞれ雷《かみなり》と氷の属性が付いています。名前は付いてませんので、そちらで自由に付けて下さい」

僕はインベントリから黒地に金のラインが入った弓と、青白い輝《かがや》きを放つ剣を取り出してテーブルへと置いた。鑑定済《かんてい》になっているので、まだ譲渡《じょうと》していない状態でもその性能は確認できるはずだ。

受け取って鑑定内容を確認した二人が驚きの声を上げる。

「す、すごい！　今使っている弓の１・５倍の威力《いりょく》がある……！　それだけじゃなくてＤＥＸ（器用度）補正も付くなんて……！」

「こっちもだ……。追加効果の発動率が高い。こんな剣は初めて見た……」

ううむ、やっぱりやり過ぎだよな。リンカさん、手を抜《ぬ》かないからなぁ。かなり高性能な武器ができちゃったんだよね。

「あの、これは私どもが最初に提示した金額以上の物のような気がするんですが……」

「ですよね……。僕もそうだとは思うんですが、うちの生産職が勝手にやったことですし、そこらへんはサービスということで提示した金額で構いません」

頼まれた仕事以上のことを勝手にやっておいて、いいものができたから追加料金よこせってのはあまりにもね。

二人は『いや、でも』と受け取りを躊躇《ためら》っていたが、無理矢理《むりやり》に提示された金額で押し付けた。毎度あり。

「私たちは助かりますが、いいんでしょうか……?」

「問題ないです。それよりも出どころはくれぐれも伏《ふ》せて下さいね。それ込みのお値段ということで」

「わかったよ。決して口外はしない」

これであとは【エルドラド】と【ザナドゥ】、両ギルドの問題だ。この武器があればそう簡単には負けないと思うけど。

「あのあと【エルドラド】から何か言ってきたりしませんでしたか?」

「特には。ああ、ゴールディの機嫌《きげん》がかなり悪くなったとか。ただでさえ【エルドラド】

は今落ち目になりつつあります。そこにあの負けっぷりですからね。癇癪《かんしゃく》を起こしても仕方ないかもしれません。シロさんを目の敵《かたき》にしなければいいのですが」

エミーリアさんの言葉を聞き、僕は少々うんざりした気分になってしまった。どんな形であれ、人の恨《うら》みを買うのは気分がいいものじゃない。

だけど僕が喧嘩を買ったのもまた事実だしな。それが嫌ならあそこで挑発《ちょうはつ》せずに無視していればよかったわけで。いささか子供っぽかったか。

まあ、してしまったことは仕方がない。なるべく関わり合いにならないようにしよう。

そんな決意をしながらふと窓の外を見ると、木の陰《かげ》からこちらをじっと見ているヘテロクロミアの瞳の持ち主と目があった。

僕に気がつくと、さっと隠れてしまったが。フードを被《かぶ》ってよく見えなかったけど、今のって【エルドラド】のギルマスだよな……？

「どうかしましたか？」

「いや、今……いえ、なんでもないです」

僕は思わず言いかけた言葉を飲《の》み込んだ。また面倒なことになっても困る。ここは見なかったことにするのが一番だろう。

運ばれてきた紅茶を飲みながら、ちらりと視線を外に向けると、またあの金髪ツインテールがこちらを憎々《にくにく》しげに睨《にら》みつけていた。

気のせいかその視線はまっすぐ僕に向けられているような……。いや、元ギルドメンバーのこの二人を見てるんだろう。きっとそうだ。そうに違《ちが》いない。

視界の端《はし》にちょこちょこ映る少女はなにやらぶつぶつとつぶやいているようにも見える。おいおい、呪《のろ》いの言葉か⁉

というか、取り巻きの奴らはなにしてるんだろう。さっさと連れ帰ってもらえないもんか。

ここにいると巻き込まれそうなので、僕は支払《しはら》いを済ませて帰ることにした。僕ができるのはここまでだ。あとは二人で頑張《がんば》ってもらいたい。

せっかくフレデリカに来たのだから、トーラスさんの『パラダイス』に寄るかとも思ったのだけれど、今回のこともあるし、しばらくは近づかない方がいいかな……。また誰かにバレると面倒だし。

悪いけど納品はトーラスさんの方から『星降る島』にきてもらおう。今日のところは帰るか。

踵《きびす》を返して海沿いの道をポータルエリアへ向かおうとした僕の前に、腕組《うでぐ》みをして踏《ふ》ん反り返る金髪ツインテールのお嬢様《じょうさま》が立ち塞《ふさ》がった。

「話があるんだけど」

「僕にはありませんが」

「そっちになくてもこっちにはあるのよ！」

癇癪を起こしたように地団駄《じだんだ》を踏むゴールディ。この子、本当にアイドルなのかね……。

大声を出したため、注目の目が集まりだすと、ゴールディは慌《あわ》ててフードを深く被り、僕の手を引いて走り始めた。ちょっ、なんだなんだ⁉

裏路地に引き摺《ず》りこまれた僕と改めて対面した【エルドラド】のギルマスは、積んであった木箱にわざわざよじ登り、ビシッとその指を突きつけてきた。

「いいこと！　私の目の黒いうちはあの二人に指一本だって触《さわ》らせないんだからね！」

「は？」

なに言ってんの、この子。

僕がポカンとしていると、金髪ツインテール……【エルドラド】のギルマス、ゴールディが畳み掛けるように叫んできた。

「あんたが自分のギルドにいろんな女の子を侍《はべ》らせているのはわかってるのよ！　エミーリアとクローネも特訓してあげるとか言って、たらしこんで引き抜くつもりでしょう！　ハーレム気取り⁉　最低ね！　これだから男は……！」

「なんの話だ⁉」

人聞きの悪い！　なに結婚詐欺師《けっこんさぎし》かナンパ野郎みたいに言ってくれちゃってんの⁉　たらしこむってなんだ⁉

「ちゃんと調べはついているのよ！　あんたが女の子ばっかりのギルドに男一人でデレデレしてるってことは！」

「ちょっと待て！　確かに【月見兎《うち》】は僕以外みんな女の子だけど、その半分は子供だぞ！」

「子供まで……！　女であれば見境なしなのね⁉」

「違うわッ！」

勝手に想像を膨《ふく》らませ、暴走するゴールディに僕は思わず怒鳴《どな》ってしまう。こいつ、人の話を聞かないタイプだな⁉　わがままアイドルってのも納得《なっとく》だよ！

「口説いたって無駄《むだ》よ！　今度の試合で私たちが勝って、あの二人は元通り【エルドラド】に戻《もど》るんだから！　あんたなんかに好きにさせないから！」

「だから……」

その試合にエミーリアさんたちが勝とうが負けようが、僕には関係ないってのに。だけどここまで言われると、エミーリアさんたちに是非《ぜひ》とも勝っていただきたい。

しかしこの子は、なんでこうまであの二人に執着《しゅうちゃく》するのだろう？　単に優秀《ゆうしゅう》な人材を逃したくないってんじゃなさそうだが。

「……ひょっとしてあの二人のことを心配しているのか？」

「なっ⁉　し、心配なんて別にしてない！　ただ単に女性としてあんたが許せないだけよっ！」

顔を真っ赤にさせて否定してくるゴールディ。ナニコレ。ツンデレですか？　意外と仲間思いなのかな？

「もう一度言うけど、僕はあの二人を引き抜く気なんかないから。特訓なんかもしないし」

「本当でしょうね……？　卑怯《ひきょう》な罠《わな》とか教えるのも無しよ！」

「なんだよ、卑怯な罠って……」

「動画で見たもん！　ＰＫ相手に毒の撒菱《まきびし》撒いてた！」

うっ。ドウメキとの【ＰｖＰ】か。あれは仕方ないというかなんというか。確かに動画にそういうコメントも飛び交《か》っていたけど。ひ、卑怯と違うぞ、作戦だ。

「と、とにかく僕はこれ以上かかわらないから――」

「大変だっ！　海からサハギンたちが！」

背後から男の人の叫び声《ごえ》がして、僕らの注意がそちらへと向く。

多くの船が停泊《ていはく》する波止場から水柱が立ち、青緑色の鱗《うろこ》を纏《まと》った半魚人たちが飛び出してきた。手には三叉《みつまた》の矛《ほこ》を持ち、赤い目がギョロリと動く。

波止場付近はあっという間に半魚人――海のモンスター、サハギンだらけになってしまった。

「突発《とっぱつ》イベントか？」

「……参加申請のウィンドウが開いたわ。緊急《きんきゅう》クエスト【昏《くら》き淵《ふち》よりの使者】に参加しますか……だって。個人別のクエストみたい」

ギルドごとではなく、プレイヤー個人での参加イベントか。僕のところにも参加申請ウインドウが開いてるな。もちろん、ここは――――。

「「参加」」

「だな」

「ね」

「「む？」」

意図せずハモった僕らはお互《たが》いの顔を見合わせる。僕らは同時に【参加】をタッチして、問題なくそれは受理された。

「サハギンの鱗は硬《かた》いのよ？　速いだけが取《と》り柄《え》で魔《ま》法《ほう》が使えないやつは邪魔《じゃま》になるからやめとけば？」

「そっちこそ取り巻きの連中がいないんだから、無理しない方がいいんじゃないか？　刺されるぞ？」

ぐぬぬ、と睨み合う僕とゴールディ。確かにサハギンは硬く、中途半端《ちゅうとはんぱ》な攻撃《こうげき》では弾《はじ》かれてしまう。有効なのはやはり魔法だ。確かに魔法職（であるだろう）ゴールディの方が有利と言える。

しかし僕にだって方法がないわけではない。サハギンは魔法、特に雷属性に弱い。僕はインベントリに装備していた『白焔《びゃくえん》・改《かい》』と『黒焔《こくえん》・改《かい》』をしまい、代わりに双雷剣《そうらいけん》『紫《し》電一閃《でんいっせん》【迅《じん》】』と『電光石火【轟《ごう》】』を取り出した。

これはリンカさんに『紫電一閃』と『電光石火』を打ち直してもらったものだ。『白焔・改』、『黒焔・改』と同じくらいの攻撃力《こうげきりょく》がある。

まあ、今は第四エリアの敵だと火属性の方がいいからそっちを使っているが。

こいつがあれば、硬いサハギンでもある程度のダメージは通る……と思う。

「お先に」

「あっ！　抜《ぬ》け駆《が》けしてんじゃないわよ！」

ゴールディを置いて路地裏から脱出《だっしゅつ》する。すでにサハギンたちとプレイヤーたちの戦いは始まっていた。あとでミウラあたりがうるさそうだから、みんなにも一応イベントが始まってるってメールしとこう。間に合えば参加できるかもしれないし。

あとはアレンさんたちフレンドのみんなにも一斉《いっせい》送信っと。

『ギョロロロッ！』

「おっと」

メールを一斉送信した瞬間《しゅんかん》を狙ってか、サハギンの三叉の矛が僕を襲《おそ》う。上半身を横に移動して躱《かわ》すと同時に、手にした『紫電一閃【迅】』と『電光石火【轟】』で腕《うで》を切り裂《さ》く。

『ギョロッ⁉』

青い血のエフェクトが飛び、サハギンのＨＰが大きく減る。一撃《いちげき》では倒せないが、けっこうダメージは通るな。しかし、半魚人の血は青いのか。

『ギョロロッ！』

「よし、【スパイラル――】」

襲いかかってくるサハギンに戦技を放とうとしていた僕の横を、一筋の稲妻《いなずま》が駆《か》け抜けていく。

『ギョバッ⁉』

稲妻を浴びたサハギンは、一瞬にして光の粒となり消えていった。

今のは雷属性の魔法【サンダーボルト】だ。いったい誰《だれ》が、って……一人しかいないよな。

振《ふ》り向くと予想通り、杖を構えたドヤ顔のゴールディがいた。

「おい。人の獲物《えもの》を横取りするのはマナー違反じゃないのか？」

「イベント中は許されるのよ。知らないの？」

いや、知ってるけど。ていうか、絶対狙《ねら》ったろ……あ。

「【加速】」

「えっ？」

僕は【加速】を発動させて、ゴールディの背後に回り、飛んできた三叉の矛を弾《はじ》き飛ばした。

そのまま投擲《とうてき》したサハギンへと一瞬で距離を詰める。

「【スパイラルエッジ】」

『ギョロアアッ⁉』

さっきは不発で終わった戦技を繰《く》り出す。身体を切り刻まれたサハギンは宙へと舞《ま》い上がり、そのまま光の粒子《りゅうし》となった。

「後ろに気をつけた方がいいぞ。今は仲間がいないんだからさ」

「わっ、わかってるわよっ！　今のはちょっと油断しただけっ！」

あ、そうですか。その油断が命取りにならなきゃいいけど。イベント序盤《じょばん》で脱落《だつらく》ってのもつまんないからな。

「いっ、一応お礼は言っとくわ！　でもこれくらいでいい気にならないでよね！」

「はいはい」

僕が顔を真っ赤にして叫ぶゴールディを軽くあしらっていると、波止場の方に見覚えのある人物がサハギンと戦っていた。変な武器で。

「どないやねん！」

パァン！

「なんでやねん！」

パパァン！　と、派手な音を立てながら、エセ関西弁のトーラスさんが、サハギンを打ち倒していく。巨大《きょだい》なハリセンで。なんでそんな掛《か》け声……？

「おっ、シロちゃんやないか。【月見兎《うさぎ》】も参加しとったんやな」

僕のことに気づいたトーラスさんが、どう見ても大きなハリセンにしか見えない武器を肩《かた》に担《かつ》いでこちらにやってくる。

「いえ。僕だけたまたま。というか、なんですか、それ？」

「なにってハリセンやないか。お笑い界最強の武器やで」

あ、やっぱり武器なんだ、それ。確かスターコインの景品であったやつかな?

「武器属性は【棍棒《こんぼう》】?」

「いや、【扇《おうぎ》】や。『張り倒す扇子《せんす》』でハリセンやからな。熟練度が上がれば【扇の心得】が取れるで」

特殊《とくしゅ》装備の武器か。

スキルオーブで覚える武器の【心得】とは別に、固定装備によって習得できる特殊な装備品がある。一番使われているのが【盾の心得】だな。

【盾の心得】というスキルオーブはない。盾を使い続けていると、熟練度が上がって習得できるスキルなのだ。【扇の心得】もその類《たぐい》なのだろう。……ひょっとしてあの掛け声って戦技名?

「ちゃうで。ツッコミ入れながらの方がおもろいやん」

おもしろいか? この人の笑いのセンスがよくわからない……。扇子だけに? 寒い。

「店に帰ろうとしたらこの突発イベントや。街中でのイベントは参加者も多いし、序盤から全力でいかんと上位に食《く》い込めんからな。最強武器で参戦や」

まあ、本人が気に入っているんならどんな武器でもいいと思うけど。けっこうネタ武器とかあるらしいしな。竹槍《たけやり》とか出刃庖丁《でばぼうちょう》の大剣《たいけん》とか巨大フライパンのハンマーとか。僕は使おうとは思わないけれど。

「ところでシロちゃん、その後ろの子【エルドラド】のギルマスと違うか？」

「あれ、トーラスさん、この子のこと知ってるんですか？」

トーラスさんが僕の背後にいるゴールディを覗《のぞ》き込むようにして口を開く。ゴールディの方は怪《あや》しい関西弁を使うプレイヤーに、警戒心《けいかいしん》バリバリといった目付きをしていたが。

「当たり前やんか。アイドルやで。『DWO《デモンズ》』じゃ有名人や。去年ちょいヒットした『初恋《はつこい》ボディブロー』って曲知らんか？」

「いえ、まったく聞いたことないですけど」

「なんでよ！　映画化もしたアニメ『恋愛撲殺日和《れんあいぼくさつびより》』の主題歌よ⁉」

なんだよ、その物騒《ぶっそう》なタイトルは。知らないものは知らないっての。

「あんた、中身は四十のおっさんじゃないでしょうね……？」

「失礼なこと言うな。健全な男子高校生だ」

疑わしい目を向けてきたゴールディに、ついリアルプロフィールを言ってしまった。いかんいかん。

『DWO《デモンズ》』ではプレイヤーの性別は変えられないが、年齢《ねんれい》を変えることはできる。

レンたちのように十五歳未満は見た目の年齢を変化することはできないけど、これは見た目で子供プレイヤーと判断できるようにだ。

そう考えるとゴールディもなのか。中学生アイドルって話だしな。十三歳以上だから保護者はいらないんだろうけど。

彼女《かのじょ》の言う通り、四十のおっさんが若者アバターの容姿でプレイすることもできる。ただ、実年齢《じつねんれい》からあまりにも乖離《かいり》すると、パラメータの成長率《伸び》が悪くなる……という噂があったりするが、本当のところはどうなんだろう。

『ギュロロロッ！』

『ギュアッ、ギュアッ！』

こちらへ向けて数匹《すうひき》のサハギンが群れになって突《つ》っ込んでくる。

「【一文字斬《ぎ》り】」

僕はその間を駆け抜けるようにして、サハギンたちに一撃を加えていった。後方に抜けた数匹のサハギンをトーラスさんのハリセンが捉《とら》える。

「なんでやねん！　なんでやねん！　なんでやねーん！」

「すみません、その掛け声気が散るんでやめてもらえませんかね？」

「なんでやねん！」

なんでもかんでもあるかい。うるさいんだっつーの。

「ちょっと！　こっちに来てる！」

気がつくとゴールディの方へサハギンが向かっていた。彼女は詠唱《えいしょう》を続けているようだが、間に合いそうにない。

僕はウエストポーチから十字手裏剣《しゅりけん》を三枚取り出し、ゴールディに迫《せま》るサハギンの背中に向けて投擲した。

『ギュロッ⁉』

あやまたず手裏剣が全て背中に命中したサハギンが仰《の》け反《ぞ》り、憎々しげに僕の方へ振り向く。おい、いいのか、こっち見ていて。

「【ライトニングボール】！」

『ギュアオオォォ⁉』

巨大な雷球がゴールディの杖の先から放たれ、目の前にいたサハギンを黒焦《くろこ》げにする。

「ひゅー、やるやないか」

「ざ、ざっとこんなもんね！」

トーラスさんの言葉に胸を張るゴールディだが、ギリギリだったぞ、今の。やっぱりこの子は完全遠距離型《えんきょり》だな。【月見兎《うち》】のリゼルと同じだ。

とりあえず向こうにサハギンがいかないように注意しよう。

『ギュロロロロッ！』

再び水柱が何本も立ち、新たなサハギンたちが飛び出してくる。多いなあ！

僕らの他にも何人かのプレイヤーたちが戦っているけど、突発的《とつぱつてき》なイベントだったので、まだ人が少ない。僕と同じように、他の知り合いに連絡《れんらく》しているなら、じきに増えるとは思うけど。

「シロちゃん、あれ見い」

「え？」

飛び出してきた多くのサハギンに交じって一匹《ぴき》だけ、一回り体躯《たいく》の大きなサハギンがいた。腕が四本もあるぞ。その腕に、手斧《ておの》、棍棒、盾、短槍《たんそう》の四つの武器を持っている。

「なんだありゃ……」

「サハギンキングやな。サハギンの上位種や。たぶんあれがこのイベントのボスやろ」

サハギンキングは停泊している船の後方、後部デッキに陣取《じんど》り、僕らを見下ろしている。

プレイヤーたちが魔法や矢を放っているが、手にした盾で弾き返している。魔法まで弾くとは、なんらかのマジックアイテムなんだろうか。

あのサハギンキングを討伐《とうばつ》すればクリアってことか。せっかくのイベントなんだ、僕らも狙わない手はないよな。

「よし、やってみるか」

僕は双雷剣『紫電一閃【迅】』と『電光石火【轟】』を握《にぎ》り直した。

◇　◇　◇

「【十文字斬り】」

『ギュロロロッ!?』

双雷剣『紫電一閃【迅】』と『電光石火【轟】』による縦横二連斬により、サハギンが四つに刻まれる。

「シロちゃん、一匹そっち行ったで！」

「とっ……！　【スパイラルエッジ】！」

振り向きざま、襲いかかってきたサハギンに戦技を叩き込む。あっぶな！　やっぱりちょっと数が多いぞ！

突発イベントのためか、プレイヤー側が少な過ぎる。あとみんなサハギンキングに突撃《とつげき》し過ぎ！

考えることは同じなようで、みんなサハギンキングを一番乗りで倒そうと他のサハギンには目もくれず向かっていく。

ところがサハギンキングは強く、返り討《う》ちにあうプレイヤーが多かった。結果、プレイヤー側の数が減っていくのだ。

死に戻ってから、またここへやってくることもできるだろうが、デスペナルティを受けた身でははっきり言ってサハギンキングどころか普通《ふつう》のサハギンでも危ない。無駄な死を繰り返すだけだと思う。

サハギンキングより、まずはサハギンの数を減らせっての！　それからみんなでサハギンキングをボコればいいだろ。

多数相手になると広範囲魔法《こうはんいまほう》が役に立つんだが……、

「【サンダーレイン】！」

波止場近くの倉庫の屋根に登ったゴールディの杖《つえ》の先から、雷の雨が降り注ぐ。雷属性の広範囲魔法だ。

だがサハギンの弱点である雷魔法《かみなりまほう》といえど、広範囲魔法はひとつひとつの威力が落ちる。大きなダメージは与《あた》えられるが、さすがに一撃では倒《たお》れない。

しかしその削《けず》られたサハギンを他の冒険者《ぼうけんしゃ》たちが次々と狩っていく。僕も二匹仕留めた。

「あーっ！　せっかく私がもう一発で全部仕留めようとしたのにっ！」

ゴールディが屋根の上で癇癪を起こしている。イベント中は単体での経験値は入らないんだから、誰が倒しても一緒《いっしょ》だろうに。

イベントの場合、その目標達成への貢献度《こうけんど》の方が大事だ。この場合はサハギンから港を守る、といったところだな。

多分僕より全体的にサハギンを多く征しているゴールディの方が貢献度が高いと思う。

「ちょっと押《お》されてるな……」

やはりプレイヤーの数が減っているのが痛い。なにげにこのサハギンたちが手強《てごわ》いのも厄介《やっかい》だ。

強力な援軍《えんぐん》でも来ないかな、という僕の願いを天が聞き入れてくれたのか、どこからかその声が聞こえてきた。

「【百雷《ひゃくらい》】」

突然《とつぜん》、天空から無数の稲妻が降り落ちる。先ほどゴールディが放った【サンダーレイン】よりも強力な雷《いかづち》だ。

天より落ちた雷霆《らいてい》は、範囲内《はんいない》のサハギンたちを一撃で瀕死《ひんし》の状態へと導いた。

この雷は……！

「おい、あれって……」

「『雷帝《らいてい》』か⁉」

周囲のプレイヤーたちが騒《さわ》ぎ出す。彼《かれ》らの視線の先に、いつものように目深《まぶか》にパーカーを被り、両腕《りょううで》に体に似合わぬゴツいガントレットをした『雷帝』ユウが立っていた。

そのまま小さな雷を纏《まと》い、サハギンだけでなく他のプレイヤーも威嚇《いかく》するかのようにしてこちらへと歩いてくる。

「来たよ、お兄さん」

ああ、一斉送信したメールを見て来てくれたのか。

これは助かる。【フルフルの雷球】というソロモンスキルを持つユウは、サハギンたちにとって天敵とも言える存在だろう。

「助かった。どうにもプレイヤーが少なくてさ」

「そう？　少しは集まってきているみたいだけど」

ん？　そういえばちらほらと走って波止場《はとば》に来てるプレイヤーもいるな。少しずつだけど、集まって来ているのか。

「なんやシロちゃん、『雷帝』とも知り合いか」

トーラスさんが驚いたような呆《あき》れたような声を漏《も》らす。トーラスさんも『雷帝』は知ってるのか。有名人だからな。

「……この人は？」

「売れない芸人」

「ちょお待てや⁉　売れない芸人ってなんやねん！　売れてる商人やろ！」

トーラスさんが突っ込んでくるが、あながち外れてないだろ。

「だいたい、」

『ギルルルルルアァァァァァッ！』

まだ何か言い足りなさそうだったトーラスさんの声を遮《さえぎ》って、咆哮《ほうこう》をあげたサハギンキングが船の後部デッキから波止場へと飛び降りてきた。

そしてその魚のようなギョロッとした目が僕《ぼく》らの方へと向けられる。

「こっち見たで⁉」

いや、これは僕らというかユウの方だな。多分さっきの雷撃《らいげき》でヘイトを稼《かせ》いじゃったんだ。

四本の腕に持つ武器を構えながら、サハギンキングがこちらへと向かってくる。

「【雷装】」

隣《となり》にいたユウが雷を纏《まと》う。バチバチとした火花が周りに弾け飛ぶ。っとと、このままでは僕まで痺《しび》れてしまう。前のようにパーティ組んでないからな。

『ギルルガァァァァッ！』

サハギンキングが四つ腕に持った棍棒を振り下ろしてくる。僕らはそれを左右に分かれて回避《かいひ》し、武器を構えてそれぞれ戦技を繰り出した。

「【螺旋掌《らせんしょう》】」

「【十文字斬り】」

挟《はさ》み撃《う》ちにする感じで戦技を叩《たた》きつけた僕らだったが、ユウの攻撃は盾《たて》に、僕の攻撃は手斧にそれぞれ防がれてしまった。くっ、伊達《だて》に腕を四本持っているわけじゃないってことか。

『ギルアァァァッ！』

ユウ目掛《めが》けて短槍が、僕の方には棍棒が向けられる。すぐさま後ろへと下がり、ギリギリのところでその攻撃を躱した。

くそっ、速さもなかなかだぞ、こいつ。いったんサハギンキングと距離《きょり》を取る。さて、どう攻《せ》めるべきか……。

「【百雷】」

『ギルグガッ！』

ユウがサハギンキングに向けて広範囲《こうはんい》攻撃《こうげき》をぶちかました。さすがに広範囲《こうはんい》に雷を落とされてはサハギンキングといえど避《よ》けることはできない。

しかしダメージを与えたといってもごくわずかだ。サハギンを瀕死にした雷撃もサハギンキングにはさほどダメージを与えられなかった。やはりサハギンとは比べ物にならない防御力《ぼうぎょりょく》を持っているらしい。

『ギルラァァァァ！』

パカリと大きく開いたサハギンキングの口からものすごい勢いで水流が放たれる。まるで消防車の棒状放水みたいだ。僕らは左右に分かれてそれを躱し、水流は建物の壁《かべ》を直撃《ちょくげき》した。

水流を受けた建物の壁の一部がガラガラと崩《くず》れる。なんて水圧だよ。

「【雷槍《らいそう》】」

雷の槍がユウの手から放たれる。かなりのスピードだったにもかかわらず、サハギンキングはそれを横に飛んで回避し、雷の槍は波止場に停泊していた船の横っ腹に炸裂《さくれつ》した。

『うちの船が――ッ!?』という声がどこからか聞こえてきたが、今は置いておこう。

「ゴツいくせに速いな」

「お兄さんほどじゃないと思うけど」

まあね。速さならなんとか勝てるね。持久力がないけど……。

『ギルラァァァッ！』

サハギンキングがまたしても僕らの方へ突進《とっしん》してくる。しかしそのサハギンキングの前に、横からガラスでできたトゲトゲのボールが飛び込《こ》んできた。

次の瞬間、地面で割れたトゲトゲボールが大爆発《だいばくはつ》を起こし、サハギンキングが吹《ふ》っ飛ぶ。

近くにいた僕らも爆風《ばくふう》に耐《た》える羽目になった。

さすがにサハギンキングもあの至近距離《きんきょり》では躱せなかったか。

しかし、今のって……。

「どうや！　雑貨屋『パラダイス』のオススメ販売品《はんばいひん》、『炸裂弾《さくれつだん》』の味は！」

トゲトゲボールを投擲したと思われるトーラスさんが遠方でガッツポーズをとっていた。

やっぱり『炸裂弾』か。

『炸裂弾』は【錬金術《れんきんじゅつ》】スキルで作れる爆弾《ばくだん》だ。トーラスさんの店でもたまに売っている。

ギルド【カクテル】のキールさんが卸しているらしい。

確か結構な値段だったと思うけど、あのケチなトーラスさんがよく使ったな。

吹っ飛んだサハギンキングに周りのギャラリーから歓声《かんせい》が上がる。

「貴重な品々をお買い得な価格で提供、あなたの冒険《ぼうけん》をサポートする『パラダイス』！　『パラダイス』をよろしゅうに！」

トーラスさんが動画撮影《さつえい》しているプレイヤーにあからさまな宣伝をしている。どうりで高い『炸裂弾』をポンと使ったわけだ。しかし、あれはカットされるだろ、絶対。

『ギルルルラアァァァァァッ！』

吹っ飛ばされたサハギンキングが立ち上がって、その鋭《するど》い視線をトーラスさんへと向ける。あ、ヘイトのタゲ変わった。

「ひい！　シロちゃんあとは任せたでぇ！」

「ええ!?　残りの『炸裂弾』は!?」

「あれが最後のひとつやってんー！」

僕は手斧を振りかぶってトーラスさんに襲いかかろうとしたサハギンキングに割《わ》り込んで、なんとかその一撃を止める。さすがに生産職のトーラスさんがこんなのと接近戦をすればすぐにやられてしまうだろう。
二、三度斬《き》り合うが、四本腕の相手ではどうしても不利だ。こっちは二本しかないのに、向こうはその倍だからな。こうなるとスピードで補うしかない。
「【加速】」

斬撃のスピードを上げ、盾を、手斧を、短槍を、棍棒を弾いていく。くそっ、攻めに転じることができない。なら……！

「【分身】！」

『ギルッ⁉』

ＨＰが半分になり、二人に分かれる。これで腕の数は同じだ。でもスピードはこちらが上。次第《しだい》にサハギンキングの身体に斬撃が決まり始めた。

だけども【加速】と【分身】の持続効果でＭＰがぐんぐんと減っていく。長くは持たない。

「【双星斬】」

片手五連撃、計二十の斬撃がサハギンキングを襲う。かなりダメージを与えたつもりだったが、まだ半分も削れていない。

ここで止まるわけにはいかない。続けて戦技を放つ。

「【スパイラルエッジ】」

上昇《じょうしょう》回転しながら分身体とサハギンキングを挟むようにして斬り刻む。

からの……！

「【ダブルギロチン】！」

『ギョエアァァァァァッ！』

双剣《そうけん》を揃《そろ》えてサハギンキングの腕に振り下ろす。サハギンキングの左右の腕を一本ずつ切断することに成功した。

だが僕のＭＰがレッドゾーンに入る。これ以上【分身】、【加速】を続けていたらマズい。

一旦《いったん》、距離を取りＭＰを回復しなければ。

『ギルラアッ！』

しかし【分身】を解除した僕に、重傷を負いながらもサハギンキングが追撃《ついげき》を仕掛《しか》けてくる。

くっ、これは【加速】を使わないと躱せない……！　だけど使ったら間違《まちが》いなくＭＰがゼロになりぶっ倒れる。そうすればどのみちやられてしまう。あれっ、詰《つ》んだか……？

「【トールハンマー】！」

目の前のサハギンキングに轟音《ごうおん》とともに大きな雷《かみなり》が落ちる。落ちた衝撃波《しょうげきは》で僕まで後方へと吹っ飛ばされた。

立ち上がり後方を見ると、倉庫の屋根の上でゴールディが杖を振り下ろしていた。くっ、ナイスとは言い難《がた》いタイミングだったが、助かった。

『ギ、ル……ッ！』

「【流星脚《きやく》】」

大雷撃を受けても立ち上がったサハギンキングにユウの飛び蹴《げ》りが炸裂する。吹っ飛ばされたサハギンキングが、波止場に積まれていた木箱や樽《たる》に突っ込んでいく。

今のうちにと手持ちにあったマナポーションを一気飲みし、MPを回復させる。一本じゃ足りなかったので、全快になるまで飲んだ。相変わらず不味《まず》い。本気で【バカ舌】のスキルが欲《ほ》しくなる。

【分身】して戦技も使ったのでST《スタミナ》も大きく減っている。こちらのポーションも飲んでおこう。うぐえ、やっぱり不味い……。

「今よ、雷属性の魔法を！」

不味さに顔をしかめていると、杖を振り上げたゴールディの叫《さけ》びに周りにいた魔《ま》法使《ほうつか》い系のプレイヤーたちが一斉に雷魔法を放つ。

「【ライトニングスピア】！」

「【サンダーボルト】！」

「【ライトニングボール】！」

砕《くだ》けた木箱の中から立ち上がろうとするサハギンキングに、これでもかとばかりに雷撃の雨霰《あめあられ》が降り注ぐ。

さすがのサハギンキングもこれには大ダメージを受けてよろめく。ＨＰもレッドゾーンに突入《とつにゅう》した。

僕も攻撃しようとしたが、横に立つユウが巨大な雷の球をサハギンキングに向けているのを見て踏《ふ》み留《とど》まる。

「【雷球】」

巨大な雷球がサハギンキングに向けて撃ち出される。おそらく瀕死状態じゃなければ避けられてしまっただろうが、もはやアイツに避ける余力はない。

『ギュルラアァァアァアァッ！』

大気を震《ふる》わせんほどの断末魔《だんまつま》の声を響《ひび》かせて、サハギンキングが雷球に飲《の》み込まれて消えた。光の粒《つぶ》が拡散し、辺り一面に弾け飛ぶ。

サハギンキングの最期《さいご》に、プレイヤーたちと戦っていたサハギンたちが逃《に》げるように海へと飛び込んでいく。

それと同時にけたたましいファンファーレが鳴り響き、公式アナウンスが流れてきた。

『おめでとうございます。緊急クエスト【昏《くら》き淵よりの使者】を見事クリアいたしました。参加されたプレイヤーの貢献度上位者には特別褒賞《ほうしょう》が贈《おく》られます。またサハギンを討伐したプレイヤー全員に【サハギンキラー】の称号《しょうごう》と記念アイテム『青の魚鱗《ぎょりん》』を贈らせていただきます。なお、個人による獲得《かくとく》経験値、及《およ》び、ドロップアイテムは後日運営側から贈らせていただきます』

アナウンスが切れると同時にプレイヤー、NPC両方から歓声が上がる。終わったか。最後はなにもできなかったけど。

「やあやあ、シロちゃんおつかれー」

トーラスさんがハリセンを担いでやってきた。どうやらうまく生き残ったらしい。ニコニコといつも以上に糸目を細めている。

「くふふ、やったで！　総合貢献度21位や！　レアアイテムゲットやで！」

「……それ狙ってサハギンキングに『炸裂弾』投げたでしょう？」

イベントボスに一撃を与えるか与えないかで貢献度は大きく違《ちが》う。それを狙ってトーラスさんは虎《とら》の子の『炸裂弾』をぶちかましたわけだ。僕まで巻き込まれかけたけど。

「堪忍《かんにん》したってや。生産職が総合入りするにはこれくらいせんとなあ。んで、シロちゃんは何位やったん？　わいよりは上やろ？」

トーラスさんさんが興味津々《きょうみしんしん》といった感じで尋《たず》ねてくる。まあ、確かにトーラスさんよりは上だとは思うけど。

ウィンドウから運営メールを開く。

「えーっと……、わっ、総合貢献度2位⁉」

「マジかー！　すごいやんか、シロちゃん！」

これはびっくりした。これほど高いのは初めてだ。頑張《がんば》った甲斐《かい》があったな。

あれ？　待てよ、僕が2位ってことは総合1位は……。

「ひょっとしてユウが1位か？」

「ん。そう」

近くにいたユウに尋ねると、肯定《こうてい》とばかりに小さく頷《うなず》いた。

後発組なのに1位とは……。サハギンキングにとどめを刺《さ》したのがきいたのかなあ。

「特別褒賞は……『ポセイドンリング』とゴールドチケット三枚」

「『ポセイドンリング』？」

「水属性の指輪。なんか水系のダメージを30％減らしてくれるみたい」

そいつはすごいな。海系のモンスターにならかなり有利なのではないだろうか。

「シロちゃんはなにもらってん？」

「ええっと……あ、【奥義書《おうぎしょ》】⁉」

「おお！　新戦技やな⁉」

特殊戦技が身につく【奥義書】か。これは嬉《うれ》しいかも……いや待て、僕が使える戦技かわからないぞ。この手の運の無さは折り紙付きなんだ、僕は。

【ハリセンボンバー】なんて奥義《おうぎ》が出たら泣くぞ。

おそるおそるウィンドウの【奥義書】にタッチして、説明文を読む。

「【夜刀鋏《やとのはさみ》】……？」

「なんか物騒な技名やな……」

「あ、名前自体は変えられるみたいです」

だけど自分で考えたオリジナル名ってのもなんか恥《は》ずかしいな。このままで……いや、漢字を変えてみるか。【夜兎鋏《やとのはさみ》】っと。

ユウも興味深そうにこちらへ目を向ける。

「どんな技なの？」

「待って、えーっと……相手武器の耐久性《たいきゅうせい》を、自分の耐久性分だけ削る。0になった場合、相手の武器が破壊《はかい》される……」

「武器破壊かい。えげつないな……」

トーラスさんが、うへぇ、といった顔をしているが、この戦技は微妙《びみょう》なところだな……。

まず相手に対してダメージを与える技ではない。次にゴブリンやオーク、リビングメイルといった武器を持つヒューマンタイプのモンスターにはそこそこ使えるかもしれないが、雷熊や森蜘蛛《ぐも》、ドラゴンなど、武器を持たないモンスターにはまったく意味がないと思う。

ウィンドウに『この奥義を習得しますか？』と出ている。ま、いいや。手は多いに越《こ》したことはない。【ＹＥＳ】っと。

アイテム欄《らん》にあった【奥義書】が消え、使用可能な戦技リストのところへ移動する。なるほど、こうして技を覚えるんだな。こうなると売買不可になるわけか。

ま、うまく使えば便利かな。相手の武器は削れて、自分の武器は無傷ってのは魅力《みりょく》だし……………あれ、待てよ……。

これって、リンカさんに貸してる『魔王の鉄鎚《ルシファーズハンマー》』を装備すればどんな武器でも壊《こわ》せるんじゃや？

『魔王の鉄鎚《ルシファーズハンマー》』は耐久性一〇〇〇〇の馬鹿みたいな耐久性を持つ魔王シリーズだ。ほとんどの武器を壊せると思う。

いや、だけど僕は装備できないからな……。装備するためには【鍛冶《かじ》】スキルと鍛冶《かじ》師の称号を取らないと無理だ。今からＳＴＲ《きんりょく》を上げるのはちょっと……。ん？

あ、しまった！　【奥義書】をリンカさんに売ればよかったのか！

「なに百面相してんねん？」

「いや、ちょっと……自分のうっかりさに……」

やってしまった感に自分自身で落ち込む。くそ、もっと早く気が付いていれば……。やはり僕はツイてない。

◇◇◇

「きぃぃぃっ！　なんで私が総合5位なのよ！　あんなにいっぱいサハギン倒したのにっ！」

地団駄《じだんだ》を踏んで悔《くや》しがるゴールディ。なんだろう、ここまで露骨《ろこつ》に悔しがられると、いっそ清々《すがすが》しいな。芸能人ってオーバーリアクションの人が多いっていうけど本当なんだな。

「嬢《じょう》ちゃん、サハギンキング討伐にはあまり関わってへんやろ？　それでやないか？」

こういったイベントだと、ボス相手に与えたダメージが高いと貢献度が上がるが、それ以外にも貢献度の高い行動はいくらでもある。例えば住民の避難誘導《ひなんゆうどう》とかな。総合貢献度とはそれらも含《ふく》めた順位なのだ。

噂《うわさ》に過ぎないが、総合被害度《ひがいど》というものもあって、町を壊したり、不用意に住民を傷つけたりすると貢献度と相殺《そうさい》されるとかいう話もある。

「サハギンキングになら私だって【トールハンマー】を一発かましたわよ！」

「ああ、あの僕が吹っ飛ばされた、アレか。酷《ひど》い目にあったけど、あれは助かった。ありがとうな」

「なっ⁉　べ、別にあんたが危なそうだからやったわけじゃないから！　ぐ、偶然《ぐうぜん》だから！　勘違《かんちが》いしないでよねっ！」

「……なんやこのツンデレ」

トーラスさんが珍獣《ちんじゅう》を見るような目でゴールディを眺《なが》める。いやいや、ツンデレか？　ツンツンしっぱなしだけども。

「だっ、誰《だれ》がツンデレよ！　別にこいつなんか意識してないわよ！　バッカじゃないの！　バッカじゃないの！」

「せやけど、顔が真っ赤やで？　ＶＲでもここまで赤くなるんやなあ～」

「赤くない！」

と、ゴールディが叫ぶが確かに真っ赤だ。というかこれは怒《おこ》って真っ赤になってるのでは？　その後もトーラスさんがからかうものだから、ゴールディは本気でイライラしてきたようだ。

「もういいわ！　今日のところはこれくらいにしといてあげる！　じゃあねっ！」

「うん、またな」

「…………ふんっ！」

ぷりぷり怒《おこ》りながらゴールディは行ってしまった。なんなんだろ、あの子……。根っから悪い子じゃあないような気もするが。

「オモロい嬢ちゃんやな。アレがイジられキャラってやつかいな」

「あんまりからかうのはよした方がいいですよ。親衛隊みたいな奴《やつ》らがいるから」

後半、わかっててからかってたろ、トーラスさん。

結局、ユウ以外のみんなは間に合わなかったなあ。用事があったり、遠かったり、向こうも戦闘《せんとう》中だったりするからな。

さて、新たな戦技【夜兎鋏《やとのはさみ》】を試《ため》してみたいが、こればっかりは【ＰｖＰ】で試すのもな。相手の武器を破壊してしまうわけだし。

リンカさんあたりに安い武器を売ってもらって試してみるか。

ユウとトーラスさんの二人と別れてポータルエリアから僕らのギルドホーム『星降る島』

へと転移する。

「えーっと……あれ？　誰もいないのか」

ログインリストを見ると、何人かログインしているようだが、『星降る島《こ》《こ》』にはいない。

みんなで狩《か》りにでも行っているのかなと思ったが、みんなバラバラのところだな。レンとウェンディさん、ミウラとシズカは一緒のとこみたいだけど。

『DWO《デモンズ》』では相手が通知をオンにしていれば、他のギルドメンバーがどこにいるかわかるようになっている。レンとウェンディさんは第二エリアの町ブルーメンに、ミウラとシズカは第三エリアの平原にいる。リンカさんは第三エリアの共同工房《こうぼう》にいるな。リゼルはログインしてないみたいだ。

「スノウもいないのか。レンたちに付いて行ったのかな」

うーむ、どうするか。たまには僕もソロで狩りにいくか、あるいは少なくなってきたポーション作りに勤《いそ》しむか。

あ、そうだ。【奥義書】ですっかり忘れてたけど、貢献度2位の褒賞として、ゴールドチケット二枚ももらったんだった。

ゴールドならガチャを六回引ける。今なら周りに誰もいないし、僕の運を吸収されることもないのでは？

「よし、やってやるか！」

ビリッ、とゴールドチケットを千切ると、いつものごとくデモ子さんがギルドホームの中庭にポンッ、と現れた。

『チケットをお使いいただきありがとうですの！　さあ、【アイテム】【武器・防具】【スキル】のうち、どれかを選んで下さいですの！』

うむむ、どれにすべきか。【武器・防具】も【スキル】も、使えないものが当たる可能性が高いからなぁ……。斧《おの》とか金属鎧《よろい》とか当たってもな。売るしかなくなる。まだスキルの方がマシだけど、それも魔《ま》法《ほう》とか当たっても僕には必要ないし。

「よし、じゃあ【アイテム】で」

『了解《りようかい》ですの！　【アイテム】ガチャ、しょ〜か〜ん！』

目の前に巨大《きよだい》なカプセルトイの機械が現れる。ハンドルを握り、祈《いの》りを込めて僕はそれをガチャリ、ガチャリと一回転させた。

取り出し口からコロンと大きなカプセルが転がってきて、パカッと自動で開く。頼《たの》む……！　レアなアイテムを……！

【最高級ベッド】　ＡＡランク

■職人がこだわり抜《ぬ》いて作り上げた至高の逸品《いっぴん》。
□家具アイテム／ベッド
品質：Ｆ（最高品質《フローレス》）

「違う……。違う違う、そうじゃ……そうじゃない……」

確かに激レアだけれども。ＡＡランクの家具なんて初めて見るし。

けれど僕が欲しかったのはこーいうのじゃなくてさぁ……。

ま、まだ五回ある。いざ、ネクストチャレンジ！


ガチャガチャリ。コロン。

【ロッキングチェア】　Ａランク

■身体の負担が少ない優美な揺《ゆ》り椅子《いす》。
□家具アイテム／椅子
品質：F（最高品質《フローレス》）

ガチャリ、ガチャリ。コロン。

【ウォールナットキャビネット】 Aランク
■ウォールナットを用いた木目の美しい高級棚《だな》。
□家具アイテム／棚
品質：F（最高品質《フローレス》）

ガチャ……リ、ガチャリ。コロン。

【高級デスク】　Aランク
■機能性の高い高級机。
□家具アイテム／机
品質：F（最高品質《フローレス》）

ガチャ……リ、ガチャ……リ。コロン……。

【ムーンライトスタンド】　Aランク
■月の形をした球体スタンドランプ。

□家具アイテム／ランプ
品質：F（最高品質《フローレス》）

なぜだ……。なぜ家具しか出ない⁉　全部Aランク以上で最高品質《フローレス》だけれども！　そうじゃないだろ！

これは運がいいのか、悪いのか？　全部置いたら部屋のグレードは上がりそうだけれどさぁ！

ラスト一回。全ての運をかけて僕はハンドルを握《にぎ》る。頼む。頼むよ、ゲームの神様。

ガチャガチャリ。

「あ、シロさん！　ただいまです！」

「え？」

僕がちょうどハンドルを回したタイミングで、中庭にあるポータルエリアからレンとウエンディさんが現れた。

コロン、とカプセルが落ちる。

【動物ぬいぐるみ（特大）】　Aランク

■超《ちょう》ビッグサイズのぬいぐるみ。種類は選択《せんたく》可能。
□人形／ぬいぐるみ
品質：F（最高品質《フローレス》）

……家具じゃない、けど。これってレンの欲しいアイテムじゃないの？　……また吸収された？　おい、ゲームの神様、どういうことだよ？　一度、腹を割って話そう。

「あ、ガチャやってたんですか？　なにかいいもの当たりました？」

レンがそう尋ねてくるが、僕は無言で当たったぬいぐるみをうさぎのやつに変えてインベントリから取り出した。耳まで入れれば僕の身長よりデカい白うさぎのぬいぐるみだ。

「わ！　かわいい！」

「……あげる」

「え⁉　いいんですか⁉　わあ！　ありがとうございます！」

地面に座《すわ》る巨大なぬいぐるみに満面の笑《え》みを浮《う》かべたレンが抱《だ》きつく。もふっ、と白い毛の中に小さな身体が埋《う》まった。

「よかったですね、お嬢様《じょうさま》」

「大切にします！」

喜んでくれてなによりだ。……うん。悔《く》いはない。ないったらない。

僕はギルドホーム内の自室に戻《もど》り、手に入れた家具をインベントリから取り出して、部屋に配置した。おお、ゴージャス。殺風景な部屋がオシャレな部屋に早変わりだ。

そのまま最高級ベッドに倒《たお》れ込み、今日はもうログアウトすることにした。

あー、ふかふか。確かにこれは最高級のベッドだ。なんか悔しいけど。

くそう。なんで家具ばっかりでるかなぁ……。

僕はフテ寝《ね》するようにそのままログアウトした。

◇　◇　◇

「オムライスです！」

「オムライスなの！」

テーブルに並べたオムライスに二人が色めき立つ。こういうところは年相応に見えるんだがな。

「食べる前に手を洗ってきなさい」

「「はーい！」」

元気よくノドカとマドカが洗面所へと駆《か》けていく。その間に僕はスプーンとケチャップを二つずつ用意して同じくテーブルの上に置いた。二人はオムライスにケチャップで絵を描《か》きたがるのだ。

やがて洗面所から慌《あわ》ただしく戻ってきたノドカとマドカがケチャップを取り、それぞれのオムライスにうにうにと絵を描き始めた。なんか歪《ゆが》んでいるが、猫《ねこ》と犬の絵を……犬、だよな？　なんか異様に舌が長いけど……。

「それ、なんて動物？」

「ティンダロスの犬です！」

ティンダロス？　聞いたことのない名前だが、犬の種類か？

「ミヤビ様が滅《ほろ》ぼした星の犬です！　昔、ちょっとだけ飼ってたです！」

「ああ、そう……」

まともな犬じゃなかった。あえて深くは聞くまい。その気になったら数秒で地球を焦土《しょうど》と化すことができる人が飼ってた犬など、普通《ふつう》なわけがない。

ふとテレビを見ると、なにかの歌番組がやっていた。知らない男性グループが歌い終わり、ステージから去る。

最近忙《いそが》し過ぎてテレビもろくに見ないから、新人の歌手とかよくわからないよな。流行曲は移り変わりが早いしさ。どれもこれも同じ歌に聞こえたりするし。

まあいいや。僕《ぼく》は自分のオムライスにケチャップをかけて食べ始めた。うん、美味《うま》い。

『次は金城つきひさんの新曲「プリズマレインボウ」です』

「え？」

聞き覚えのある名前に視線をテレビに向けると、いかにもアイドルといった、フリルのついた制服のような衣装《いしょう》に身を包んだ小柄《こがら》な少女が歌っていた。

髪色《かみいろ》は黒だが、姿はゴールディそのままだった。あいつ容姿いじってないのか。大丈夫《だいじょうぶ》なのか？　『DWO《デモンズ》』内でのストーカーとか。

『DWO《デモンズ》』でもセクハラやストーカー行為《こうい》は、一発でアカウント停止事項《じこう》だしな。

複アカウントを作れない『DWO《デモンズ》』において、アカウント停止とは二度とゲームをすることができないということだ。

また、個人での虹彩《こうさい》情報登録がされているため、そういったことをしでかした奴のデータは記録として残る。その気になれば訴《うった》えることもできるし、ゲーム会社の方でも要注意人物として今後規制を厳しくする可能性だってあるのだ。

そこまでしてストーカーをする奴の気持ちがよくわからん。他人に迷惑《めいわく》かけんなって話だよな。

歌い終わるとぺこりと頭を小さく下げるゴールディ……いや金城つきひ。そのままテレビはCMに入った。

よくわからないけど、まあ悪くない歌だったかな。今度会ったら感想のひとつでも言おうか。

「ごちそうさまです！」

「ごちそうさまなの！」

「相変わらず食べるの早いな⁉」

僕はまだ半分も食べてないのに。胃袋《いぶくろ》にブラックホールとか入ってないよな？

「デザートはないです？」

「デザートはないの？」

「あのな……」

毎回毎回デザートがあると思うなよ？　あるけども……。

二人の食費という名目でミヤビさんからお金をもらっているからなあ。どっちかというと、僕が二人のおこぼれをもらっている気になってしまう。

冷蔵庫からよく冷えた梨を二つ取り出して、果物ナイフで皮を剥《む》き、食べやすいように小さくカットしていく。最後に爪楊枝《つまようじ》を二つプスリ、と。

「シャリシャリです！」

「甘々《あまあま》なの！」

ぱくぱくと梨を平らげていく二人。そりゃよかったね。

「そういや二人は今日『DWO《デモンズ》』でなにしてたんだ？」

「ノドカたちは【天社《あまつやしろ》】に来たお客さんのお世話をしてたです！」

「お菓子《かし》とかお茶とか出してたの！」

え？　それってプレイヤーか？　ミヤビさんのいる【天社《あまつやしろ》】はシークレットエリアだ。プレイヤーが入ることはほぼ不可能だと聞いていたけど、誰か僕みたいに【セーレの翼《つばさ》】

を手に入れたプレイヤーが迷《まよ》い込《こ》んだとか？

「違うです。『れんごー』と『どうめー』の人です」

梨をシャリシャリと食べながらノドカが教えてくれた。れんごーとどうめー……ああ、『連合』と『同盟』か。

【惑星連合《わくせい》】と【宇宙同盟】。これにミヤビさんの属する……というか統治する、【銀河帝国《ていこく》】がこの地球を含む宇宙域における三大勢力なんだとか。

つまりはお偉《えら》いさんたちで話し合いをしていた……ということなのだろうか？

「向こうは別にそんなに偉くはないのです。『監視者《ウォッチャー》』の人たちですから。『監視者《ウォッチャー》』は地球に住んでるから、ミヤビ様が聞きたいことがあったです」

げ。『監視者《ウォッチャー》』って地球に住んでいるのかよ。なら、僕らにオルトロスをけしかけた、あのサラとかいう嫌《いや》みな天使も地球で暮らしているのか？

んもー、宇宙人来まくりじゃないか。地球防衛軍とかないのかね？

僕もオムライスを食べ終えて、シャリシャリと梨を食べながらそんなことを考えていた。

「地球は本当に大丈夫なんだろうか……」

「この星はミヤビ様が気に入っているからたぶん大丈夫なのです」

「大丈夫なの」

それって気に入ってなかったら消滅《しょうめつ》させられてたってこと？　想像するだけで怖《こわ》いんですけど。

「昔、ミヤビ様はこの星でちょっとだけ暮らしていたことがあるそうです。だから気に入っているんです」

ふうん。どうりでウイスキーとか、地球の嗜好品《しこうひん》に詳《くわ》しいと思った。住んでたことがあるなら納得《なっとく》だ。

というか、よく滅びなかったよな、地球……。一触即発《いっしょくそくはつ》の爆弾《ばくだん》を抱《かか》え込むようなもんだろうに。

まあ、銀河最強（凶《きょう》？）の女皇帝《こうてい》が気に入ってくれているのなら、他の宇宙人もおいそれとは手を出せまい。その点は助かっているのか。まさか『気に入ったから征服《せいふく》じゃー！』なんてことにならないよな？

すでに地球はかなり危ない状況《じょうきょう》になっているのではないだろうか。

いや危ないもなにも、地球の科学力じゃどうせ太刀《たち》打ちできないのか。

「ノドカたちも地球の食べ物は美味《おい》しいから気に入っているです」

「他の惑星の食べ物は合わないの。うにゅ～ってなるの」

なんでもミヤビさんの支配する惑星は、ゲル状の食べ物か、錠剤《じょうざい》のようなカプセル、あるいは生きたまま、という食事形態が多いのだそうだ。

まあ、その星によって食べるものは変わってくるだろうけど、ちょっとそれは地球人には厳しいかなあ。

リーゼの所属する【惑星連合】などでは比較的《ひかくてき》まともな食事が多いらしい。しかしフードディスペンサーなる分子を材料に食べ物をコピーするもので作られるため、味気ないものであるとか。

寸分違《たが》わぬ全く同じものができるため、例えば焼き魚ならいつも同じ味、形、色、焦《こ》げ具合《ぐあい》のものを食べることになる。少し甘《あま》い、とか、少し苦い、などの曖昧《あいまい》さはない。全く同じ味なのだ。故《ゆえ》に飽《あ》きるのも早いという。

ご飯なども少し硬《かた》い、少し柔《やわ》らかいなどがなく、いつも同じ硬さのものばかりなんだろうか。便利なような、確かに味気ないような……。ファジィ機能はないのかね？

「ミヤコちゃんも地球の食べ物が好きって言ってましたです」

「そういえばミヤコさんも宇宙人なんだな。……ひょっとしてミヤコさんも強い？」

僕は闘技場《コロッセオ》で出会った猫の【獣人族《セリアンスロープ》】であるミヤコさんを思い出した。リーゼ曰《いわ》く、『伝説の暴君』と呼ばれるほどのミヤビさんの妹さんだ。こっちもリアルでとんでもない強さな気がする。

「ミヤコちゃんはあんまり人前に出たがらないので、よく単独で惑星を制圧してます」

「単独で制圧ね……」

想像以上にお強いらしい。というか、ミヤビさんとかミヤコさんとかがいる帝国に、他の二大勢力はどうやって対抗《たいこう》しているんだろうか。科学力がとてつもないとか？　同盟はロボットとか使ってたしな。

そういやこの子らも実はすごく強いんだよな……。まったくそうは見えないんだけども。

「ごちそうさまです！」

「ごちそうさまなの！」

僕の考えを打ち切るように、梨を食べ終えたノドカとマドカが元気に手を合わせる。

地球《こっち》の習慣にも慣れてきたようだ。

まあ、考えたって仕方がない。僕にどうこうできるものでもないし。

僕はそう結論付けて、食べ終えた皿の後片付けを始めた。

◇　◇　◇

「ふむ……。無駄骨《むだぼね》か」

バサッと無造作にテーブルの上に集められた資料を投げ捨てる女皇帝。

それを側に控《ひか》えていた老齢《ろうれい》の男が拾い集めて手の中で一瞬《いっしゅん》にして灰にする。灰は塵《チリ》と化し、全てこの世から消え失《う》せた。

「万が一ということもあるゆえ、探させてみたがやはり見つからんか」

帝国の女皇帝は眼前に広がる星の海を眺めながら、酒が注がれたグラスを傾《かたむ》ける。

この酒は白兎《はくと》の家から強引《ごういん》にせしめたものだったが、なかなかに気に入っていた。

「なぜ地球人はこうも短命なのかの。生まれたと思ったら、あっという間に死んでいく……。何かを為《な》す暇《ひま》もないじゃろうに」

「短命だからこそ輝《かがや》くものもありますれば」

「ふん……。あいつもそんなことを抜かしておったの。まったく腹の立つ。自分勝手な奴じゃ。残されたわらわの気持ちも知らんで……」

くいっと不満げに女皇帝はグラスを呷《あお》る。

「じい。引き続き探索《たんさく》を続けよ。必ずこの星にあるはずじゃ。草の根分けても探し出せ」

「御意《ぎょい》」

老齢の男は霧散《むさん》するようにその場から消えた。部屋には狐耳《きつね》の女皇帝一人が残される。

星の海をいく戦闘母艦《せんとうぼかん》の、一番眺めのいいその部屋からは、青い星が一際《ひときわ》大きく輝いて見えた。

「ふん……。わらわは約束通り帰ってきたぞ。千年くらい待てなんだか、馬鹿者め」

誰に言うでもなく、女皇帝の口からそんな呟《つぶや》きが漏《も》れた。

DWO:05:07　桜燃ゆ

【Game World】

【星降る島】の林の中、僕《ぼく》とウェンディさんが対峙《たいじ》する。

「いきますよ。【スラッシュ】」

「【夜兎鋏《やとのはさみ》】」

ウェンディさんが振り下ろしてくる剣《けん》を、僕は双剣《そうけん》をクロスするように受け止め、そのまま力を込《こ》めて振り抜いた。と、同時に刀身を挟《はさ》まれた剣が、まるでガラス細工のように粉々に砕《くだ》け散る。

真ん中ほどからバラバラに砕けた剣は、どう見ても修復不能なほどのダメージを受けていた。

「戦技を放っていても武器の耐久性《たいきゅうせい》を削《けず》ることができるみたいですね」

「すごい！　【PvP】なら無敵じゃないかな、シロ兄ちゃん！」

ミウラがはしゃいでいるが、そうはうまくいかないと思う。

まず【夜兎鋏《やとのはさみ》】も戦技である以上、ST《スタミナ》を消費する。武器破壊《はかい》という勝負の決め手になり得る技だけに、その消費量も大きい。一回で僕の全ST《スタミナ》の約三分の一が消えてしまう。

次に一度で破壊できるわけではないということ。先ほどのような、耐久性の低い最安値の剣なら一撃《いちげき》で砕けるが、他の武器ではそうはいかないだろう。

【夜兎鋏《やとのはさみ》】の効果は、『相手武器の耐久性を、自分の武器の耐久性分だけ削る』だ。

当然ながら耐久性の高い武器はそう簡単に壊《こわ》せないだろう。

最後に武器を壊したからといって、勝負に勝てるとは限らないってことだ。

相手が武闘家《ぶとうか》系だったり、魔法使《まほうつか》いだったとしたら、武器を破壊されても攻撃《こうげき》手段が失われるわけじゃないからな。

「しかし一撃で壊されるわけでもないですからね。双剣は比較的耐久性《ひかくてきたいきゅうせい》が低いです。相手が大剣《たいけん》や鉄棍メイスなどだと最悪三回は食《く》らわせないと破壊できないかもしれません」

「ですよねー……」

それに初見ならまだしも、僕がこういう戦技を持っていると相手が知れば、間違いなく警戒《けいかい》して簡単には刃《やいば》を受け止めはしないだろう。

ネタバレすると途端《とたん》に使えなくなるかもしれないな。でも相手を警戒させて、簡単に攻撃をさせないようにできると考えれば、持っているだけでも意味はあるのか。

「双剣の方の耐久性は減らないんですよね？」

「うん。【夜兎鋏《やとのはさみ》】自体の発動では耐久性は減らないみたい」

これは助かる。発動するたびにこちらもゴリゴリ削られるのではたまったものではない。下手すればこちらの武器の方が先に壊れてしまう可能性だってあるからな。

「攻撃力《こうげきりょく》は低くても耐久性がズバ抜けて高い双剣があれば壊し放題なんだけどな……」

「できなくもないけど、頑丈《がんじょう》にすればそれだけ重くなる。シロちゃんのＳＴＲ《わんりょく》じゃたぶん持てない」

「うまくいかないもんだなあ」

ちょっとした希望を速攻《そっこう》でリンカさんに打ち砕かれ、うなだれる。やっぱり無理かね。

ＳＴＲ強化のスキルとかアクセサリーを身につければなんとかなるかもしれないが、余計なスキルはスロットに入れたくないし、そんなに大幅《おおはば》に能力アップするアクセサリーなんて、絶対にレアアイテムだしな。

「まあ、武器持ちのモンスターには有利になるし、けっこう使えるんじゃない？」

「まあね」

ミウラの言う通り、武器を持つモンスターにはかなり使える戦技ではある。僕がそう一人頷《うなず》いていると、レンが唐突《とうとつ》に、はいっ、と手を挙げた。

「あ、私も新しい技を覚えたんですよ！」

「え、レンも【奥義書】を？」

「いえ、私のは職業の方のジョブスキルです」

それぞれの職業《ジョブ》には特殊なスキルであるジョブスキルがある。

例えば僕の『双剣使い《デュアルフェンサー》』なら【双剣熟練】、『射手《アーチャー》』なら【射程延長】などがそれだ。

基本的はジョブチェンジすると一つのスキルがつくが、そこから熟練度を上げていくと、二つ目のスキルを会得《えとく》する場合もある。

確かレンの『裁縫師《シームストレス》』のジョブスキルは【高速裁縫】だったから、二つ目のスキルを会得したということなんだろう。

「見てて下さいね。【操糸《そうし》】！」

レンが人差し指を振ると、針のついた糸が宙を飛び、物凄《ものすご》い勢いで僕の左右の袖《そで》を、キュッ、と縫《ぬ》い合わせてしまった。え!?　なにこれ!?

まるで手錠《てじよう》をかけられ、お縄になった犯人みたいだ。僕はガッチリと縫い合わされた袖を見る。

「すごいじゃん！　糸を操《あやつ》れるの⁉」

「特定の範囲内《はんいない》ならね。一本だけじゃなく、何本か同時に動かせるし、ある程度太くもできるの」

興奮するミウラにレンはそう言って、数本の糸をより合わせて太めの糸を作って操ってみせた。

「敵を拘束《こうそく》するのに使えそうですね」

「操っているのが糸だから、すぐ引きちぎられちゃいますけど……」

ウェンディさんに苦笑いを浮《う》かべながら答えるレン。いや、短時間でも拘束できるのはかなりのメリットだと思うが。足を絡《から》めて転ばせたり、ワニみたいなモンスターなら口を縛《しば》ってしまうことも可能じゃないかな。

僕がそんな想像をしていると、糸を操るレンを見ながら、なにやら考《かんが》え込んでいたリンカさんがおもむろに口を開く。

「……その糸、どれくらいの物を持ち上げられる？」

「糸の耐久性にもよりますけど……私が持てるくらいの物ならなんとか」

「クロスボウを持てる？」

「え？」

言われたことが意外だったのか、レンは首をこてんと傾《かし》げた。

慌《あわ》ててインベントリからリンカさんに作ってもらったクロスボウを取り出して、糸を操り宙へと浮かび上がらせる。……浮いたな。吊《つ》り下げているといった感じだけど。

「持てました……」

「撃《う》ってみて」

ドズン！　と、宙に浮かんだクロスボウから矢が飛び出し、林の木に突《つ》き刺《さ》さる。相変わらずすごい威力《いりょく》だな。

レンは糸を操り、クロスボウを左右上下に動かしている。どうやら自由に動かせるようだ。糸が細いからクロスボウが勝手に動いているように見える。

「これって遠隔操作《えんかくそうさ》で武器が使えるってことか？」

「すごい！　レン、このスキル使えるよ！」

ミウラがはしゃいだ声を上げる。確かにこれは使える。剣などを振るには力不足かもしれないが、クロスボウなら引き金を引くだけだ。しかもこのクロスボウは自動装填《そうてん》されるので、矢を新たに装填する必要もない。

例えば糸で操ったクロスボウを、敵の背後に気付かれないように回り込ませ、不意打ちをすることだって可能だろう。

ひょっとしたら熟練度が上がれば操る糸の数も増えて、何個ものクロスボウを宙に浮かべて攻撃することができるかもしれない。

「これはますます銃《じゅう》の開発を急がないといけない……」

リンカさんがメラメラと闘志《とうし》を燃やしている。なるほど。銃ならクロスボウよりも強力だし、それも引き金を引くだけだからな。

みんながレンの新しいスキルにわいわいと話し合っている。なんか僕の奥義《おうぎ》が霞《かす》んでしまった気がしないでもない。いや、それより……。

「ごめん、これなんとかして……」

「あ」

僕は縫い付けられた両腕《りょううで》をレンへと向けた。いいかげんキツいんだけれども。服が破れるからひきちぎるわけにもいかないし。

レンが慌てて糸を操り、抜《ぬ》いてくれた。ふう、やれやれ。

しかし、ホントに人間相手なら簡単に拘束できそうだな。服を縫い付けて拘束衣《こうそくい》にしてしまえばいいんだ。あっという間にミノムシが出来上がる。

あ、でも全身鎧《フルアーマー》の相手だと難しいか。

考え込んでいた僕の耳にメールの着信音が鳴る。

ウィンドウを開くと遥花《はるか》……ハルの所属するギルド、【フローレス】からである。

メールを開き、中身を確認《かくにん》する。お、これはグッドタイミングか？

「リンカさん、『硫黄《いおう》の玉』が集まったってさ」

「ん！　これで銃の開発に取り掛《か》かれる」

リンカさんがキラキラした目で小さくガッツポーズをする。

銃かー。あんまり僕には関係ないけど、やっぱりレンが使うのかね。せっかくクロスボウを作ったのに、レンはもう武器の持ち替《か》えか？　なんかもったいないな。

あれ？　銃もクロスボウと同じく固定武器からスキルを習得するタイプなんだろうか？

【銃の心得】なんでスキル見たことないしな。

また一から【心得】を獲得《かくとく》するのは大変だなぁ。それに見合うだけの威力があればいいけど……。

「シロちゃん、速攻で受け取りに行く。ゴー。ハリアップ」

「わかった、わかった。わかりましたから！」

グイグイと背中を押《お》してくるリンカさんに言われるがままに、僕は使用スロットに【セーレの翼《つばさ》】をセットした。

◇　◇　◇

「ふおおぉぉ……！　こ、これがAランク装備……！」

「槍《やり》！　その槍、あたしの！」

「ちょっ、この弓、能力値がすごいんだけど⁉」

テーブルに並べられた、リンカさんが作り上げたAランク装備にギルド【フローレス】のメンバーが殺到《さっとう》する。

作り上げた本人は【フローレス】から譲渡《じょうと》された『硫黄の玉』を両手に持ってご満悦《まんえつ》だ。

「これで銃が作れる……。ふふふふふふ」

ちょっとアブない感じになりつつあるリンカさんに、【フローレス】のギルマスであるメルティさんが手もみしながら擦《す》り寄ってくる。

「あのう……。その銃ができた暁《あかつき》には私たちにも……」

「……素材と料金を払《はら》ってもらうけど、それでいいなら」

「やったっ！」

メルティさんがガッツポーズをとる。その手にはリンカさんが作った弓が握《にぎ》られていた。

ああ、メルティさん、遠距離《えんきより》攻撃《こうげき》担当なのか。

「しかしよく揃《そろ》ったね。『硫黄の玉』」

Ａランクの細剣を手にしてにこにこしていたハルに僕が尋《たず》ねると、彼女《かのじょ》は、ふっ、と遠い目をして答えた。

「いやぁ、大変だったよー。何回も全滅《ぜんめつ》しちゃってさ、ずーっと石になったまま時間を潰《つぶ》すのが辛《つら》かった……」

「倒しても『硫黄の玉』が出るとは限らないしね……」

「何度同じことを繰《く》り返したか……。おかげでイエローコカトリスなら誰《だれ》よりも上手《うま》く狩《か》れる自信がついたよね……」

【フローレス】のメンバーがみんなハルと同じような遠い目をして力なく笑っていた。な、なんか悪いことさせたかな……。

「でも！　この装備を手に入れられたから大満足だよ！　これで私たちは他のギルドより一歩先に行ける！」

ハルが叫《さけ》ぶと、【フローレス】のメンバーがテンション高く、おーっ！　と、拳《こぶし》を突き上げた。

……まあ、喜んでいるなら結果オーライか。

リンカさんは早速銃《さっそくじゅう》の開発をしたい、【フローレス】のメンバーは装備の試《ため》しをしたいということで、これで解散となった。

【星降る島】に帰ってくるや否《いな》や、リンカさんはすぐさま工房《こうぼう》へと閉じこもってしまった。気持ちはわかるけども。あれはしばらく出てこないな。

さて、僕はどうするかな。シズカとリゼルはお休みだし、レン、ミウラ、ウェンディさんたちはスノウを連れて狩りに行っちゃったし。

今から合流するのもな。【フローレス】の新装備に素材を使いすぎたから、またAランク鉱石とか補充《ほじゅう》してくるか。

僕はそう決定してポータルエリアへと再び足を踏《ふ》み入れた。

そういや今日はまだ【セーレの翼】を使っていないな。

ランダム転移の一日に使える回数は決まっている。僕は今のところ全ての領国へと跳《と》べるが、全てのエリアへと跳べるわけじゃない。

この『DWO《デモンズ》』にどれだけポータルエリアがあるのかわからないが、その半分もいけないんじゃないかな。一つのエリアにいくつかポータルエリアがあるところもあるし、一日五回のランダム転移では大して埋《う》まらない。

「ま、少しずつ埋めていくしかないか」

ポータルエリアから一度出て、スキルスロットに【セーレの翼】をセットする。

そして再びポータルエリアへと足を踏み入れると、【セーレの翼】のランダム転移が始まった。

一瞬《いっしゅん》にして周りの風景が切り替わる。ん？　あれ？

「ここって……」

見渡《みわた》せば石造りの建物の中。ガランと殺風景な部屋の中央にポータルエリアがあり、正面には両開きの扉《とびら》、後方には大きなガラス窓がある。どこかの部屋の一室か？

マップを確認するが、どこにも自分を示すマーカーがない。ってことは、ここはシークレットエリアか？

「『シャンパウラ城』……？　え、ここって城なの!?」

窓に近づいて外を見てみる。ここからだとよくわからないが眼下に森が見え、横には石造りの壁《かべ》が見える。高い場所に建っているのは間違いなさそうだが、城かどうかはここからではよくわからない。

ここにいても仕方がないので扉を開けて外へ出る。扉の外は赤絨毯《じゆうたん》の敷《し》かれた廊下《ろうか》だった。右を見ても左を見ても誰もいない。

魔王《まおう》の城とかじゃないよな？　竜王《りゆうおう》の城もやめてくれよ？

【星の塔《とう》】みたいなダンジョンかな？　首なし騎士《デユラハン》とか、リビングアーマーとか出てきそうだな……」

僕は腰《こし》から双炎剣《そうえんけん》『白焔《びやくえん》・改』と『黒焔《こくえん》・改』を抜き、両手で構えた。一人しかいないんだ。ここは慎重《しんちよう》に行こう。

とりあえず右手の方へと移動する。今のところ【気配察知】で敵意は感じない。大丈夫《だいじようぶ》そうだ、と角を曲がった瞬間《しゆんかん》、バッタリと二人の人物と出くわした。

「貴様、何者だ！」

「侵入者《しんにゆうしや》だ！　出合え、出合え！」

「え!?」

僕が驚《おどろ》いたのは出会った人物がモンスターではなく、どう見ても鎧を纏《まと》った兵士であったからだ。二人とも剣を抜き、僕に向けて警戒しながら構えている。

わけがわからず、じっと二人を見ているとネームプレートがポップした。『ジャン』と『ジョン』。プレートの色は緑。あれ？　ＮＰＣ？

「大人しく武器を下ろせ！」

「あ」

言われて気がついたが、僕の両手には『白焔・改』と『黒焔・改』が。

ひょっとしてこれってなにかまずい状況《じょうきょう》になっているのでは……！　ここってもしかしてダンジョンとかではなく、普通のお城だった？

どうしようとテンパっていると、前から後ろから、新たに兵士たちが現れ、あっという間に規律正しい動きでぐるりと囲まれてしまった。うわわ、これ完全に侵入者を捕《と》らえる感じですよね⁉

ヤバい、ヤバい、ひょっとしてこれって犯罪者扱《あつか》いになる⁉　まさかレッドネーム落ちとか⁉　それだけは勘弁《かんべん》して下さい！　そうだ、運営に連絡《れんらく》して事情を話せばなんとか……！　いや、それよりも運営会社の社長であるレンのお父さんに――――。

「シロお兄ちゃんです？」

「シロお兄ちゃんなの？」

「……え？」

気が動転し始めた僕の耳に、聞き慣れた双子《ふたご》の声が届いた。

兵士たちをかき分けて、ひょこっと狐耳《きつねみみ》と尻尾《しっぽ》を持った双子の巫女《みこ》幼女が姿を現す。

「ノドカとマドカ？　え、なんでここに？」

奇妙《きみよう》な同居人である双子の登場に僕はさらにパニックになる。いつもなら【天社《あまつやしろ》】にいるノドカとマドカが、なんでこんなところにいるの!?

「ここはミヤコちゃんのお城です」

「ミヤコちゃんのお城なの」

……………え？

ミヤコちゃんって、あのミヤコさんか？　ミヤビさんの妹の、コロッセオで優勝した？

僕が呆然《ぼうぜん》としていると、兵士の一人がノドカとマドカに声をかけた。

「ノドカ様、マドカ様、この者とお知り合いで？」

「知ってるです。ミヤビ様が加護を与《あた》えたシロお兄ちゃんです」

「シロお兄ちゃんなの」

二人の言葉を聞くと、周りの兵士たちが、ざわっ、とざわめき始めた。

あれ、またなんか変な雰囲気《ふんいき》に……。

次の瞬間、兵士たちが全員直立不動の姿勢になり、胸に拳を当てて深々と頭を下げた。

「陛下のお客人とは知らずご無礼を！　どうか平にお許し下さいませ！」

「へ？」

あれ、ひょっとしてNPCのこの人たち、【帝国《ていこく》】の人たちなのか？　僕の中で、『陛下』という人物にそれ以外思い当たる人物がいない。

「もう大丈夫です。みんなは仕事に戻《もど》るといいです。こっちは任せるです」

「任せるの」

「はっ！」

ノドカとマドカに一礼し、兵士たちは去っていった。なんかわからんが助かった……のか？　自分のネームプレートを見てみるが青いままだ。どうやら犯罪者にはならないですんだようだ。

家宅侵入者ではなく、お客様として認識《にんしき》されたらしい。

ホッと胸を撫《な》で下ろしていると、ノドカとマドカが首を傾げて尋ねてきた。

「シロお兄ちゃん、なんでここにいるです？」

「なんでいるの？」

「いや、【セーレの翼】で跳ばされてさ……」

僕は正直に事の経緯《けいい》を話す。双子は驚きも呆《あき》れもせず、『そですか』とだけつぶやいた。

……本当は呆れてるんじゃなかろうか。

「まあ、いいです。とにかくミヤコちゃんのところに行くです」

「挨拶《あいさつ》しないと、めー、なの！」

「ああ、うん、そうね……」

確かに人の家に来て、そこの主人がいるのに挨拶もなく帰るのは失礼か。僕は双子に案内されるがままに城の中を歩き出した。

道すがら、僕は気になっていたことを聞いてみた。

「なあ、やっぱりここのＮＰＣってみんな【帝国】の人たちなのか？」

「そうです。大半は兵役《へいえき》を引退した人たちですけど。けっこう楽しんでプレイしてます」

「みんな楽しんでるの」

兵役を引退……って元本職ってことかよ……。道理で動きがキビキビしてると思ったよ。

しかし兵士を引退してＶＲの中でまた兵士になるなんて、しんどくないのかね……。

宇宙の兵士、侮《あなど》り難し。

◇　◇　◇

ミヤコさんのお城というシャンパウラ城は広かった。行けども行けども廊下が続く。これってかなり大きな城なんじゃないだろうか。いや、他に城なんて行ったことないけどさ。

「こっちです」

「こっちなの」

ノドカとマドカの案内に僕はキョロキョロとしながらついていく。時折り城の住人に会うが、みんなノドカとマドカに深々と頭を下げて立ち去っていくんだけど。……キミらひょっとして結構偉《えら》いの？

やがて僕らは城の中を抜け、広い庭へと出た。中庭というよりは、マンションのルーフバルコニーのような開けた場所である。端《はし》には落下防止の石でできた手摺《てす》りがあり、一面は芝生《しばふ》と石畳《いしだたみ》で覆《おお》われていた。

所々に木々や花々が植えられていたり、まるでバビロンの空中庭園といった感じだ。

「あ」

その庭の真ん中に一人、刀を持ってたたずむ女性がいた。黒髪《くろかみ》に猫《ねこ》の耳と尻尾。ミヤコさんだ。

ミヤコさんは僕らに背を向けているため、こちらに気がついてはいないようだ。

「おっと」

突如吹《とつじょふ》いた突風《とっぷう》に思わずマフラーを押さえる。いや、ゲーム装備なんで外れる心配はないんだけど、ついやっちゃうんだよね。

中庭にあった木々が風にあおられ、無数の木の葉が舞った。

瞬間、ミヤコさんが動き、刀を抜き放つ。銀色の剣閃が幾筋《いくすじ》も走り、気がついた時には刀は鞘《さや》に納められていた。

舞い落ちていた葉がパラリと真っ二つになる。ひとつだけではない。全ての葉が、パラ、パラリと両断されて地面へと落ちた。

あの一瞬で斬ったのか……。何かのスキルか、あるいは戦技だろうか。『侍《サムライ》』のジョブスキルにあんなのあったかな？　……まさかプレイヤー本人の技術とか？　ミヤビさんの妹ならありうる……。

僕が一人心の中で慄《おのの》いていると、振り返ったミヤコさんとバッチリ目が合った。

「っ!?　ぁ……ぅ……！」

「あ、お邪魔《じゃま》してます……」

僕を見てピシリと固まったミヤコさんにとりあえず挨拶をしておく。いや、まぁ、自分の家にいきなりさほど親しくもない人が来たら驚くよね……。

なぜかミヤコさんの方がペコペコとお辞儀《じぎ》を繰り返し、僕の方が恐縮《きょうしゅく》してしまう。

「なんで、ここ、に……」

蚊《か》の鳴くような声だったが、ミヤコさんの声がなんとか聞こえた。初めてまともに聞こえたんじゃなかろうか。

「すみません、突然《とつぜん》……。転移スキルで間違《まちが》えて来てしまいまして。謝罪と挨拶だけでもと。お邪魔でしたらすぐに帰りますので」

「いえっ、別に、邪魔じゃ、ないです……」

本当に？　木の陰《かげ》に隠《かく》れて言われても信憑性《しんぴょうせい》がないんだが。

完全に警戒されているよね、これ……。どうしたらいいのやら……。

「えーっと、い、今のすごいですね！　空中の葉っぱを全部斬《き》ってしまうなんて」

「いっ、いえ、大したことでは……！　順番通り斬っただけ、ですので……」

「順番通り？」

はて？　順番通りとはどういうことだろうか？

僕が首を捻《ひね》っていると、ミヤコさんが慌てたように身振《みぶ》り手振《てぶ》りで説明を始める。

「えっと、その、刀身の届く範囲内で、同じ高さの葉っぱや、直線上に多く並んでいるものから順番に斬り落とせば、それほど難しくはない、です」

……いやいやいや。それってとんでもなく難しいよね!?　落ちている全ての葉っぱを把《は》握《あく》していないと不可能なんじゃないの？　後頭部にも目があったって無理だよね!?

それをそれほど難しくない、とか言っちゃうあたり、とんでもない腕前《うでまえ》なんじゃないだろうか。

「……ノドカ、マドカ。ミヤコさんってリアルでものすごく強い？」

「んー……強いと思うです。ミヤビ様の方が強いですけど。みんなには『星斬り』って呼ばれてるです」

「『斬星刀』で、ずぱーん！　なの！」

ざん……。え、それって惑星《わくせい》をぶった斬るってこと……？　どんな刀なんだよ……。

「なんだってそんな人が『DWO《デモンズ》』なんかを……」

「ミヤコちゃん、人前に出るの苦手なのです。その改善のためにミヤビ様に『DWO《デモンズ》』に放《ほう》り込まれたです」

「でもずっと一人で隠れながらやってるの。ダメダメなの」

「あうぅ……」

ノドカとマドカの言葉にミヤコさんが身を小さくしてしまう。

プレイの仕方は千差万別《せんさばんべつ》、ソロプレイもアリだとは思うけれど、多人数との交流を楽しんでこそのVRMMOだとも思うんだよね。

見ず知らずの人と遊ぶってのは抵抗《ていこう》があるのかもしれないが。

「だけどそれでよくコロッセオの試合に参加したな……」

「ミヤビ様に言われたです。いつまでも一人でモンスターばかり狩っていたから、大衆の前に出て戦ってこいって」

「できなきゃドレス着せて帝国のパーティーに参加させるって言われたの」

「パーティーは地獄《じごく》……」

そんなにか。宇宙人のパーティーがどんなものかは知らないが、着飾《きかざ》って人前に出ることは、人見知りにとってある意味地獄なのかもしれない。

ミヤコさん美人だからな。着飾ったら注目されるだろうし。それよりはコロッセオで戦った方がまだマシか。

まあ、優勝しちゃったんで結果注目されてしまったが。

「そういや、優勝者に与えられる職《ジョブ》があったよな。ミヤコさんって、今『侍《サムライ》』じゃなくて『王者《チャンピオン》』なのか？」

『王者《チャンピオン》』はコロッセオ優勝者だけに与えられる職業で、常に一位の者だけに与えられる。一度でも敗北すればその資格を失うという特殊《とくしゅ》な職業ジョブだ。

ミヤコさんは優勝したんだから、その『王者《チャンピオン》』になっていてもおかしくはない。

しかしミヤコさんは首を横にブンブンと振《ふ》った。

「それ、は、辞退しました。別に欲《ほ》しくはなかった、ので……」

あらら。ミヤコさんは言われて出場しただけで、報酬《ほうしゅう》自体に興味はなかったらしい。

しかし、人見知りを改善するために試合に出場させたらしいが、まったく良くなってないような気が。いや、こうして会話できるだけマシになったのだろうか。

それはそれとして、僕は先ほどからちょっと気になっていることがあった。

ミヤコさんが持つ刀である。僕の記憶違《きおくちが》いでなければ、あれってNPCの店で売ってるやつで一番初期装備の刀だよね？　確か『打刀《うちがたな》』。刀系で一番安い武器だと思ったけど……。

「なんで初期装備の刀を？　何か理由が？」

ミヤコさんの力だと刀の方が傷《いた》むから普段《ふだん》は安物を使っているとか？　いやいや、ゲームである以上、筋力はステータス通りのはずだ。現実世界でいくら力持ちでも『DWO《ここ》』ではSTRのパラメータが全てだ。身についた技術とか体術とかは反映されるけどな。

初期装備を使う理由がわからない僕に、ミヤコさんがその理由を語る。

「……えと、その、人の多い町に買いに行くのが、ちょっと……」

ええー……。そんな理由……。

人の目があるから町に行けないって、それってどうなん？　完全にこの人、ＶＲＭＭＯに向いてないと思うんだけど。

「あの刀も私たちが買ってきたです」

「買ってきたの」

「あっ⁉　しーっ！」

二人の暴露《ばくろ》に慌てるミヤコさん。僕はなんとも残念な視線を向ける。てことは、一度も店に行ったことがないということだな？

「ずっと使ってて店に一度も行ってないってことは、耐久度《たいきゅうど》とかかなり減ってるんじゃないですか？」

「は、はい。あと２しかなくて、どうしようかと……」

２⁉　それってちょっと強いモンスターのクリティカルを武器で防いだら、なくなる数値ですけど⁉

よく今まで持ったな……。いや、攻撃を武器で受け止めたりしなけりゃあまり下がったりはしないけどさ。

僕も回避《かいひ》型の戦闘《せんとう》スタイルだからあまり武器の耐久度は減らない方だ。ミヤコさんの戦闘スタイルも回避型なのだろう。

しかしそれでも使い続ければ耐久度は減る。

耐久度が0になった武器は壊れる。その前なら【鍛冶《かじ》】スキルを持つプレイヤーなりNPCに頼《たの》んで耐久度を回復してもらうことも可能だ。

だけど……。

「ちなみにミヤコさんはその刀になにか思い入れとか……？」

「いえ？　特には……」

質問の意味がわからず、きょとんとするミヤコさん。初期装備の『打刀』をずっと使い続けるなんて、普通《ふつう》はなにか理由があるものかと思うけど、なにもないってか。本当にただ単に買いに行けなかったってだけらしい。

「だったらもう新しくしませんか？　うちのギルドに腕《うで》のいい鍛冶師がいるんで、材料さえあればいいものを作ってくれると思うんですが」

「え……!?　で、でも、その、私、話すのが苦手で……」

「大丈夫です。僕《ぼく》らもついて行くんで。ノドカとマドカもいいよな？」

「ついて行くです！」

「ついて行くの！」

ノドカとマドカが元気よく答える。それを見て、ミヤコさんは無言だが、嬉《うれ》しそうに頭を下げた。ＯＫってことらしい。

そうと決まれば善は急げだ。

生憎《あいにく》とミヤコさんは刀の素材になりそうな物はほぼ持っていなかった。【採掘《さいくつ》】、【採取】系統のスキルは持ってないらしく、鉱石などを持ってなかったのだ。

そのかわり、モンスターからドロップしたアイテムを山ほど持っていたので、僕が持っているＡランク鉱石などと交換《こうかん》ということになった。

なにげにレアモンスターの素材なんかもあり、ちょっとびっくりした。これ、刀の素材に使えるんじゃないかな。これならリンカさんも喜んで作ってくれるだろう。

……いや、待てよ。今リンカさんは銃の製作に夢中になっているはず。果たして作ってもらえるだろうか。……まあ、合間にでも作ってもらえればいいか。リンカさんならさほど時間もかからずに作ることができるだろ。

とりあえず【星降る島】に向かうことにした僕らは、ノドカとマドカ、そしてミヤコさんをパーティに加え、【セーレの翼】で跳ぶことにした。

ビーコンの羽を本拠地《ほんきょち》ギルドホームに登録してあるので、僕はどこからでも帰還《きかん》することができる。

これがなにげに便利なのだ。もっともあまり詮索《せんさく》されたくないので、他のプレイヤーの目があるところでは使わないようにしているけど。

【星降る島】に戻ってくると、やはり鍛冶《かじ》場となっている第二工房は扉が閉められていた。

が、中からはなんの音もなく、いつもなら掛けられている、『作業中』という札もない。

あれ？　休憩《きゅうけい》中かな？

「リンカさん、います？」

「……いる」

扉をノックすると返事があったので中へと入る。『魔焔鉱炉《まえんこうろ》』の設置されたこの鍛冶場である第二工房は、ほぼリンカさん専用の工房となっている。かなり広めに作られている室内には、様々な武器防具の素材となる鉱石やアイテムが棚《たな》や箱に山積みにされていた。

完成品か未完成品かわからない武器などもそこらにゴロゴロ置いてある。

その室内に置かれた大きなテーブルの前で、リンカさんが椅子《いす》に座《すわ》り、難しい顔をしていた。

テーブルの上にある紙にはいくつかの銃の絵が描《えが》かれている。

「なにしてるんです？」

「作る銃のデザインを考えていた。『DWO《デモンズ》』の仕様的なもので、現代的なマシンガンやらライフル銃のようなものは作れない。大抵《たいてい》フリントロック式やウィンチェスター銃のようなレトロチックなものになる」

なるほど。『DWO《デモンズ》』は一応、剣《けん》と魔法《まほう》のファンタジーがベースになっている。その世界に現代兵器であるマシンガンやら対戦車ライフルなんかが登場しては雰囲気がぶち壊《こわ》しということなのだろう。

あくまでファンタジー寄りの銃、レトロチックなものや、スチームパンク的なデザインに限られるというわけか。

実際にはマシンガン的なものも作れるのだろう。ただ見た目がレトロチックなものやファンタジー寄りなものになるというだけで。

「で？　なにか用？」

「ああ、えっと、実は刀を一本打ってもらいたくて。ここにいるミヤコさんがですね……」

僕が振り返るとそこにはノドカとマドカしかいなかった。あれ⁉

「ミヤコさんは？」

「扉の陰に隠れてます」

「ダメダメなの」

ノドカとマドカの言う通り、よく見ると扉の陰に隠れて、黒い猫耳《ねこみみ》がぴょこんと飛び出している。怯《おび》えた子猫《こねこ》のように、扉から顔をチラチラと出してこちらを窺《うかが》っていた。

それを見たリンカさんが僕に誰何《すいか》してくる。

「……誰？」

「ミヤコさんです。ほら、コロッセオで優勝した『侍《サムライ》』の」

【星降る島】を提供してくれた人の妹さんでもある……と説明しようとしたが、すんでのところで口をつぐむ。この【星降る島】は知り合ったNPCから提供されたとみんなには説明してあるから、プレイヤーであるミヤコさんと姉妹《しまい》というのはややこしいことになりかねない。

「ミヤコさんがですね、どうも今まで初期装備のままずっと戦っていたみたいで。それで新しい刀をリンカさんに作ってもらおうかと」

「……なんでそんなことに？」

リンカさんが眉根《まゆね》を寄せて聞いてくる。だよね。僕もそう思う。よほど思い入れがあるか、こだわりがなけりゃ初期装備を使い続けたりはしない。

「……まあ、シロちゃんの紹介《しょうかい》なら作る。気分転換《てんかん》にちょうどいい。素材はある？」

僕はAランク鉱石と、ミヤコさんから渡《わた》されたレアモンスターの素材をテーブルに置いた。

ミヤコさんが狩ったレアモンスターのドロップアイテムに、リンカさんも驚いていたが、おかげでやる気が出てきたようだ。

「使い手に話をききたい。……こっちに来てもらえる？」

「ひゃう⁉　わ、わ、私は、その、」

リンカさんに声を掛けられたミヤコさんはますますドアにしがみつく。

「ノドカ、マドカ、頼む」

「了解《りようかい》です！」

「了解なの！」

ノドカとマドカがドアに引っ付いていたミヤコさんを引き剥《は》がし、両手を引いて連行するようにリンカさんの前の椅子に座らせた。

緊張《きんちよう》のせいか顔面が蒼白《そうはく》となり、尻尾がだらんと下がって椅子の下に潜《もぐ》り込《こ》んでしまっている。

視線はキョドキョドと落ち着きがなく、リンカさんを見ていない。だいぶ汗《あせ》もかいているようだ。

「すみません、ミヤコさん人見知りみたいで」

「ああ……。ピスケと同じタイプ。問題ない」

このギルドホームを建ててくれた【建築】スキルを持つピスケさんも人見知りだ。

ピスケさんの場合、怪《あや》しい商人ことトーラスさんが世話を焼いているので、それなりにコミュニケーションは取れる。

ミヤコさんもノドカとマドカがいればまあ、なんとか……。

「戦闘スタイルはどういった感じ？」

「えっ、えっ、えと、近づいて、斬る？」

要領を得ない会話にリンカさんが子狐《こぎつね》の双子を見遣《みや》る。

「……通訳」

「素早《すばや》さを活《い》かした一撃離脱《いちげきりだつ》の戦法です。敵の攻撃《こうげき》は躱《かわ》すことを基本にしていて、刀で相手の武器を受け止めたりはしないです」

「シロお兄ちゃんと同じなの」

「なるほど」

ノドカとマドカの説明を聞いてリンカさんが小さく頷《うなず》く。

確かに僕と戦闘スタイルは似ているな。僕の場合は手数が多いけれど。

【刀術】スキルは攻撃力《こうげきりょく》も高いが、タイミングによるクリティカルヒットが出やすい。弱点を見抜《みぬ》く【看破】などと組み合わせると桁違《けたちが》いの一撃《いちげき》を出すこともできるのだ。

まあその反面、タイミングが悪いと攻撃失敗《ファンブル》が起きやすいということでもあるのだが。

ミヤコさんから（正確にはノドカとマドカから）話を聞いたリンカさんは、『魔王の鉄鎚《ルシファーズハンマー》』を手にすぐに刀を打ち始めた。

僕らはやることがないので向こうでお茶でも、とミヤコさんを誘《さそ》ったが、面白《おもしろ》いので見ているとのこと。

仕方ないのでミヤコさんを残し、ノドカとマドカにギルドホームのリビングで残っていたケーキを振る舞《ま》う。他のギルドメンバーのみんなは出払《ではら》っていて、誰もいないようだ。

「美味《おい》しいです！　あ、今晩のデザートはプリンがいいです！」

「プリン！　賛成なの！」

ケーキを食べながらなにげに今晩のメニューを催促《さいそく》してくる二人。ええー……。また洋菓子《ようがし》店で買ってこないとな。

この子らスーパーで売ってるようなのものだと微妙《びみょう》に難しい顔をするからなあ。最初に本格的なものを食べさせたのが悪かった。スーパーのものでも難しい顔をしながら食べることは食べるけど。

ケーキを食べ終わり、僕は紅茶、二人はオレンジジュースを飲んでいると、ノドカとマドカの耳が、ぴくくっ、と反応した。

「終わったみたいです」

「終わったみたいなの」

よく聞こえるな……。宇宙人とはわかっていても、その能力に毎回驚いてしまう。

第二工房へ戻るとミヤコさんが一本の刀を手にしてニマニマしていた。

あれが新しい刀なんだろう。刀身がわずかに赤い？　薄紅色《うすべに》の刃《やいば》が光る。

「完成。火属性を付けた」

ミヤコさんに新しい刀を見せてもらう。これは……。

【千歳桜《ちとせざくら》】　Xランク
ＡＴＫ（攻撃力）＋１７１
耐久性《たいきゅうせい》52／52
■神炎《しんえん》の霊力《れいりょく》を宿した刀。
□装備アイテム／刀
□複数効果なし／

品質：Ｆ（最高品質《フローレス》）
■特殊効果《とくしゅこうか》：
15％の確率で炎による一定時間の追加ダメージ。

抜刀《ばっとう》時、任意による【ファイアアロー】の効果。

地面に対し【ファイアウォール】の効果。


【鑑定済《かんていい》】


こりゃまた……。火属性に特化しているなあ。

炎による追加ダメージは僕の双焔剣《そうえんけん》と同じだが、さらに二つ魔法効果がある。ここらへんランダムで付くからな。羨《うらや》ましい。

「あっ、あの、こ、これ！　ため、試し斬り、をっ！」

「あ、ああ、そうですね。じゃあ砂浜《すなはま》ででも」

僕は試し斬りにインベントリから『マルグリットの原木』を出して、砂浜にドスンと立てた。

第六エリアにあったAランクの原木だ。スノウの【光輪】でやっと切ることができた代物《しろもの》だぞ。試し斬りにはちと硬《かた》いと思うが、これにどれだけ刃が食《く》い込むかで威力《いりょく》がわかる。

ミヤコさんが原木を前に『千歳桜』をゆっくりと抜《ぬ》く。

刀身からぼんやりとした光が生まれ、彼女《かのじょ》の周りに桜の花びらが舞い始めた。いや、これは桜吹雪《ふぶき》じゃない。火の粉が花びらに見えているんだ。

刀を構えたミヤコさんが砂浜を蹴《け》る。一瞬で原木へと接近し、電光石火の一閃《いっせん》。全ては刹那《せつな》。

その瞬間、マルグリットの原木は真っ二つになり、落ちた上部分が火に包まれた。

嘘《うそ》だろ……。Aランクの原木を斬っちゃったよ。てことはスノウの【光輪】と同じ威力があるってのか？

なんというか、脳裏《のうり》に『鬼《おに》に金棒』、『虎《とら》に翼《つばさ》』という言葉が浮《う》かんだ。僕らはとんでもないものを与えてしまったのではなかろうか。

「これっ、すごいです！　すごい刀です！」

火の粉を撒《ま》き散らす刀を手にしながら、ミヤコさんが嬉しそうに砂浜を跳《は》ねる。

鞘から抜刀すれば剣先《けんさき》から【ファイアアロー】が飛び、地面を裂《さ》けば【ファイアウォール】が発生する。うん、ちょっと落ち着こうか。

その後ミヤコさんは僕らに礼を述べると、すぐさまフィールドへと転移していった。早く実戦で使いたい気持ちはわかるが、はしゃぎすぎではなかろうか。

ま、少しは人見知りが改善された……かな？

DWO:05:08 INTERLUDE

【Game World】

「……気のせいか」

「どうしたんですか？」

突然立ち止まり後ろを振り向いた僕をレンが怪訝《けげん》そうな顔で見上げてくる。

振り向いた先には僕らが歩いてきた細い裏路地があり、その先は大通りの丁字路《ていじろ》になっていて、プレイヤーやNPCがわいわいと歩いている。

ここは第三エリアにある湾岸《わんがん》都市フレデリカ。ギルドクエストに行く前にNPCの店で買うものがあったため、レンとウェンディさんの三人でやってきたのだが……。

「なんか最近、妙《みょう》な視線を感じる時があるんだよね……。気のせいかもしれないけど」

「良くも悪くもシロさんは目立っているプレイヤーですし、そういった目もあるのでは？」

レンと一緒《いっしょ》にいたウェンディさんが僕の疑問にそう返してくる。

良くも悪くもってのはちょい引っかかるが、言わんとしていることはわかる。

以前に流された動画関連で、ある程度僕は知られるようになってしまったからな。

まったく見ず知らずのプレイヤーに、『あ、忍者《にんじゃ》さんだ』とか、『ウサギマフラーの人だ』とか言われたのも一度や二度じゃない。

【ＰｖＰ】で対戦を申《もう》し込まれたりもした。ほとんどスルーしているけど、あまりにもしつこいプレイヤーには『運営に通報するぞ？』と警告したりしている。

大抵はそれで退散するが、それでも来たら容赦《ようしゃ》なく通報するつもりだ。相手は間違いなく準犯罪者のオレンジネーム落ちになる。その状態でまた同じことをしたらレッドネームどころか、確実にアカウント停止になる。

これは『ゲーム内での犯罪』と『リアルに影響《えいきょう》する犯罪』の違《ちが》いである。

『ゲーム内で殺人』より、『ゲーム内でのストーカー行為《こうい》』の方が、運営としては困るのだ。

『女性プレイヤーへのセクハラ』なんかもこれに当たる。

有名プレイヤーほどこういったトラブルに悩《なや》まされるのは聞いていたが、僕自身がそうなるとは予想もしてなかった。

「ストーカーかもしれませんね」

レンの横にいたウェンディさんが少し考え込《かんが》むようにしてそんなことを呟《つぶや》く。うむむ、思ってても考えたくなかった答えを言われた。ストーカーは勘弁《かんべん》して欲しいなぁ……。

「シ、シロさんにストーカーですか？　ど、どんな？」

「そうですね……。シロさんに危ないところを助けられたプレイヤーとか？　絶体絶命の危機に助けられ、一目《ひとめ》惚《ぼ》れしてしまった、とかありそうですが」

「ありそうです！」

レンがやたら共感するように大きく首を縦に振る。なんでそんなに共感してんの？　いや、たとえそんな理由だったとしてもストーカーはダメだろ。

「あるいはシロさんに冷たく袖《そで》にされた女性プレイヤーが未練がましく追いかけて来てるのかも……」

「シロさん!?　そんなことしたんですか!?」

「してないっての！」

「冗談《じょうだん》です」

ウェンディさんのあからさまな冗談を否定すると、なぜか胸を撫で下ろし、ホッとするレン。なにかね？　僕はそういうことをするように見えるのかね？

ウェンディさんもレンは純真なんだから、あまりからかわないようにしてほしい。

ウェンディさんに抗議《こうぎ》しつつ、僕らはポータルエリアへと向かっていた。

今日のギルドクエストはギルドの管理センターに貼《は》り出されていた『マンドラゴラの採取』である。

マンドラゴラは第三エリアの森の奥《おく》に自生しているしている魔法薬《ポーション》の原料だ。魔法薬《ポーション》の他にも錬金術《れんきんじゅつ》の触媒《しょくばい》にもなる。

こいつを採取するのがクエストの依頼《いらい》だが、マンドラゴラはちょっと厄介《やっかい》な薬草だ。人の形をした根っこを持つマンドラゴラは、引き抜くとこの世のものとは思えない金切り声を上げるのだ。これが即死《そくし》効果を持つ。【耳栓《みみせん》】スキルがなければ、その声を聞いただけでプレイヤーは死に戻る。

ではどうやって引き抜くのかというと、マンドラゴラにロープをしっかりと結び、遠くまで離《はな》れてそれをぐいっと引く。遠くなればなるほどマンドラゴラの即死効果は弱まるので、ＨＰの減少だけですむ、というわけだ。

五メートルくらい離れて耳を塞《ふさ》ぎさえすれば即死はしないとも聞くけどな。瀕死状態《レッドゾーン》にはなるらしいが。

ポータルエリアに入り、まずはギルドホームに戻《もど》る。

「きゅっ？」

「お帰りなさいませ」

「おかえりー。なにかいい依頼あった？」

中庭のガーデンテーブルでスノウと遊んでいたシズカとミウラが僕らを見つけ、声をかけてきた。

レンが二人にギルドセンターで見つけてきたギルドクエストを見せる。

「マンドラゴラかぁ。見つけるの大変なんだよねぇ」

「でもそれだけ報酬のギルドポイントも高いですわ。そろそろギルドホームの施設《しせつ》も拡張しないといけませんし、ちょうどいいのでは？」

ギルドセンターのギルドクエストをこなすと普通の報酬とは別にギルドポイントの報酬も入る。これを使いギルドのランクを上げたり、ギルドホームの施設を拡張したり改造したりできるのだ。

「リンカさんとリゼルは？」

「リンカ姉ちゃんはあたしの武器の調整してる。リゼル姉ちゃんはまだ来てない」

リゼルはまだ来てないのか。約束の時間にはまだあるから遅刻《ちこく》ではないけれども。

それからしばらくしてリゼルがログインし、リンカさんもミウラの大剣《たいけん》を持って工房《こうぼう》から出てきた。よし、全員揃《そろ》ったな。

悪いがスノウは留守番だ。耳のいいスノウにはマンドラゴラの声は遠くにいても即死効果を及《およ》ぼす可能性があるかもしれないし。

「それじゃあ行きましょう！」

「おー！」

レンとミウラが率先《そっせん》してギルドホームのポータルエリアへと足を踏《ふ》み入れる。

そのまま僕らは第三エリアにあるフィールド、【翠玉の森《すいぎょくのもり》】に転移した。

その名の通り、木々の緑に日が差し込んで、エメラルドのような輝《かがや》きを放つ美しい森だ。

【怠惰《たいだ》】の第三エリアは海がメインのエリアだが、こういった森もいくつか点在している。

「あー、最近ずっと雪原や雪山ばっかりだったから、なんか気持ちいいなー」

「冬から春になったって気がしますね」

木漏《こも》れ日《び》の光を浴びるようにミウラが伸《の》びをすると、その隣《となり》にいたシズカも深呼吸をして気持ち良さそうにしていた。

まあ、気持ちはわかる。第四エリアは極寒《ごっかん》の地だけあって、殺風景な場所が多いからな。

第四エリアは間違いなく冬の風景だし、僕らのギルドホーム【星降る島】は夏色が強い。

この【翠玉の森】は春の趣《おもむき》がある。現実の場所ならピクニックにでも来たいくらいだ。

「マンドラゴラは森の奥にあるんですよね？」

「ネットの情報だとそうなってますね。もちろん奥で見つかることが多いというだけで、入口付近でも見つかってますから、注意して進みましょう」

レンとウェンディさんのそんな会話を聞きながら、僕も辺りに注意を向ける。

マンドラゴラは根っこは特徴的《とくちょうてき》だが、上の部分、つまり葉の部分はそこらの雑草とあまり変わらない。これが見つけるのが大変と言われる理由の一つだ。

まあ、【鑑定】、あるいは【植物学】スキルを持っていれば問題ないのだけれども。

僕とリンカさんは【鑑定】を持っている。ちゃんとギルドセンターでマンドラゴラの図《ず》鑑《かん》も見てきた。怪しげなものがあったら片《かた》っ端《ぱし》から【鑑定】していった方がいいな。

大根や人参《にんじん》のように、根元がこんもりとしているらしいので、よく見ればわかるというが、そもそも大根や人参の畑を僕は見たことがないしな……。

一応、たまに見かける薬草類などを採取しながら、僕らは森の奥へと進んでいく。

途中《とちゅう》、モンスターなどが襲《おそ》ってきたが、この森には僕らのレベルより強いモンスターは出現しない。

それらを適度に狩《か》りながら、さらに森の奥へと進んでいく。

さすがに森の奥へと来ると、春の日差しが差し込む爽《さわ》やかな森から、鬱蒼《うっそう》と繁《しげ》る木々が怪しげな森へと変化を遂《と》げていた。

いかにもマンドラゴラがありそうな雰囲気《ふんいき》ではあるな。

おっ？

近くの木の根元にあった草に【鑑定】をすると、『マンドラゴラ』の文字が。あったあった。

「あったぞ。ミウラ、ロープを――」

くれ、と言いかけたとき、【気配察知】がなにかを僕に警告した。

反射的にその場から飛び退《の》く。間一髪《かんいっぱつ》の差で、さっきまで僕がいた場所に矢が突《つ》き刺《さ》った。

「ちっ！」

どこかで舌打ちが聞こえたかと思うと、再び立て続けに矢が飛んでくる。

腰《こし》にあった『白焔《びゃくえん》・改《かい》』『黒焔《こくえん》・改《かい》』を抜き放ち、飛んできた矢を斬り払《はら》う。

「オラァッ！」

木の陰《かげ》から斧《おの》を持ったプレイヤーが飛び出してきて僕へと向けてそれを振り下ろしてきた。ネームプレートが赤い……！　こいつ、賞金首か！

斧を躱し、後ろに飛び退きながら周囲を観察する。すると近くの木の上に矢を構えた弓矢使いがいるのを発見した。

「リンカさん！　あそこに！」

僕が指差し叫《さけ》ぶと木の近くにいたリンカさんがすぐに駆《か》け寄り、手にしていた『魔王の鉄鎚《ルシファーズハンマー》』で弓矢使いのいる木をぶっ叩《たた》いた。

「ぐあっ⁉」

バランスを崩《くず》し、落ちてきた弓矢使いのネームプレートも赤だった。

そのまま、リンカさんは倒《たお》れた弓矢使いの男へハンマーを振り下ろす。

「ぐふっ⁉」

ハンマーの大打撃《だいだげき》を食らった弓矢使いの男はＨＰが大きく減った。よし！

「よそ見してんじゃねぇぞ、コラァ！」

目の前に迫《せま》る斧使いが大きく斧を振り上げたところで、僕は戦技を繰《く》り出した。

「【一文字斬り】」

斧使いの脇《わき》をすり抜けるようにして、相手の脇腹《わきばら》を斬り裂く。

「ぐっ⁉」

駆け抜けた勢いを殺し、反転してさらに戦技を放つ。

「【十文字斬り】」

「なろっ……！」

縦横の二連斬のうち、縦の斬撃を斧で止められた。なかなか反応がいい。だけどその体勢でもう一撃を躱せるかな？

「【スパイラル──】」

トドメの戦技を喰らわそうとした僕へ向けて、横から槍《やり》を構えた男が突っ込んできた。

戦技をキャンセル、バックステップを繰り返し、距離《きょり》を取る。

黒い革鎧《かわよろい》に骸骨《がいこつ》のような兜《ヘルム》を被《かぶ》った槍使いが僕の方へ槍を構えて対峙《たいじ》していた。

ネームプレートがポップする。こいつも賞金首か。

「どっかのPKギルドらしいな」

「おうよ。悪いがPK《ころ》させてもらうぜ」

斧使いがニヤリと笑う。たまたま僕らを狙《ねら》ったって感じじゃないな。もともとターゲットにされてた？　付け狙ってたってことか？

プレイヤー相手だとレン、ミウラ、シズカは年齢《ねんれい》制限に引っかかって手出しができない。手出しされることもないが、保護者であるウェンディさんが死ぬと三人もログアウトされる。

なのでウェンディさんは積極的に攻撃はできない。残るはリンカさんとリゼルだが、向こうで弓矢使いとさらに現れた盾《たて》持ちのＰＫと対峙している。

そしてこっちには斧使いと槍使いだ。

二対一か……と思ったらさらに森の奥からゴツいガントレットをしたバンダナ野郎《やろう》が現れた。『拳闘士《グラップラー》』か？　くそっ、三対一かよ！　しかも敏捷度《びんしょうど》が高い槍使いと拳闘士だ。僕とは相性《あいしょう》が悪い。

【分身】で三人に分かれて戦うしかないか……！　ＨＰが三分の一になってしまうが、戦技をまともに受けなければ何回かは耐《た》えられるだろう。

だけど【分身】中は常にＭＰが減り続け、０になると意識を失ってしまう。一分もあればＭＰが1回復し、意識は戻るが、一分も意識のない状態でいたら間違《まちが》いなく僕はこいつらに殺されてしまうだろう。

ＭＰが切れる前にマナポーションを飲み続ければ少しは持つかもしれないが、戦闘しながらマナポーションなんか飲めっこない。

それとも四人に分かれて一人はひたすらマナポーションを飲み続けるか？　いや、【分身】している時にポーションを飲んでも、分身体の最大値までしかＨＰやＭＰは回復しない。

たとえばＨＰが１００あって四人に分かれたらＨＰは25になり、ポーションをどれだけ飲んでも25以上にはならないのだ。完全回復させるためには【分身】を解除しなくてはならない。

四人に分身してもＭＰの方はいきなり四分の一になったりはしないが、分身中はマナポーションの効果が激減してしまう。

四人に分かれれば四分の一に、五人に分かれれば五分の一に。

さらに時間経過で全員のＭＰが減っていくのだから、【分身】中にマナポーションを飲んでも焼け石に水ってわけだ。

それでも少しは持たせることができる。そのわずかな時間でこいつらを全滅《ぜんめつ》させるしかない。

三人ともＨＰや防御力《ぼうぎょりょく》が高そうだ。くそっ、ちょっと難しいか……？　でもやるしかない！

幸い全員狙っているのは僕のようだ。ウェンディさんは防御力が高いが、三人まとめて彼女に攻撃を向けられるといささかマズいことになる。ウェンディさんがやられると、レンたちもログアウトになってしまうからな。

僕は手裏剣《しゅりけん》などで攻撃し、ＰＫプレイヤーたちの気を引きながら、森の中を駆け抜けてみんなから距離を取った。

こっちで時間を稼《かせ》ぎ、リゼルとリンカさんが向こうのＰＫプレイヤーを倒して援軍《えんぐん》に来てくれるのを待つしかない。打撃《だげき》と魔法、攻撃力の高い二人だ。うまくいけばそう時間もかからずに倒してくれるかもしれない。

森の少し開けたところに出た。ここなら視界を遮《さえぎ》られることなく動ける。

「よっしゃ、ウサギ狩《が》りを始めるぜ！」

斧使いがそう宣言すると、他の槍使いと拳闘士がじりじりと僕を包囲するように移動を始めた。

マズい。囲まれるより先に動かなければ！

覚悟《かくご》を決め、【分身】して特攻《とっこう》をかけようとしていた僕の前に、林の中から一人のプレイヤーが現れた。

「おいおい面白そうなことしてるじゃねぇか。俺《おれ》もまぜろよ」

「な……っ⁉」

林の中から現れたのは、一ツ目のギルドエンブレムが胸に描かれた黒い重鎧《よろい》の男だった。

二本の大剣を手にした赤髪《あかがみ》の【魔人族《デモンズ》】。

「ドウメキ……！」

「よぉ、ウサ公。盛り上がっているとこ邪魔《じゃま》するぜ」

相変わらず無精髭《ぶしょうひげ》の、ＰＫギルド【バロール】のギルマスであるドウメキが僕へ向けてニヤリと笑いかけてくる。

「てめぇ、ドウメキ！　俺たちの獲物《えもの》を横取りする気か⁉」

「おうよ。こないだはお前たちの方が邪魔してくれたからな。ちょっとした意趣《いしゅ》返しってやつだ」

斧使いのＰＫプレイヤーにドウメキがそう答える。

横取り？　ドウメキも僕らを狙っているのか？　いや、それは前からか……。

「それにお前らのところの『処刑動画《しょけいどうが》』ってのが気に入らなくてな。どうせそこらに撮影《さつえい》しているやつがいるんだろ？」

「『処刑動画』？」

聞きなれない言葉に僕がそれを反芻《はんすう》すると、ドウメキは視線を奴《やつ》らから離さないままに説明を始める。

「『処刑動画』ってのはこいつらが配信している有名プレイヤーをＰＫする動画だ。集団で襲撃《しゅうげき》、罠《わな》に嵌《は》める、どんな手を使ってもいいからＰＫする。その工程を面白おかしく配信するのさ」

ああ、なるほど。だから『処刑動画』か。やられた方はたまったもんじゃないな。普通《ふつう》ならこういった動画を上げる時は、個人が分からないようにアップされるが、有名プレイヤーだったりするとその装備などからすぐわかったりするのだ。

僕《ぼく》なんかだとこのウサギマフラーでモロバレだろう。

向こうはそれをわかった上で有名プレイヤーを吊《つる》し上げにしようとしているのだろうが。

「ウサ公。お前ら町中でずっと行動を監視《かんし》されてたぜ。もうちょっと他人の目を気にした方がいいんじゃねぇか？」

「え、町中で？　でもレッドネームは町に入れないはずだろ？」

「俺らもそうだが、大抵のＰＫギルドってのはオレンジネームの協力者がいるもんだ。でなきゃ町の商品を買うこともできねぇだろ？」

あ、そうか。

オレンジネームなら準犯罪者だが、賞金首ではないので町に入れる。そうか、ここ最近の視線はそいつらか……！

その監視者は管理センターで僕らがマンドラゴラの依頼を受けるところを見ていた。採取場所が人気《ひとけ》のない、僕らを分断できる自分たちに有利なフィールドであることを知って仕掛《しか》けてきたのか。

「ウサ公がこいつらに狙われているらしいって話を俺らの『情報屋』が持ってきてな。面白そうだってんでこうして邪魔しにきたのさ」

くっくっく、とドウメキが笑う。このやろ……！　この状況《じょうきょう》を楽しんでやがるな？

「ぐあっ⁉」

突然《とつぜん》林の中から風と共に男のプレイヤーが吹《ふ》っ飛んできて、僕らの目の前に転がってくる。HPはレッドゾーンに突入《とつにゅう》しているが、ギリギリ生きているようだった。

ドウメキが舌打ちをしながら足下《あしもと》に転がってきたプレイヤーに大剣を突き立てる。

「ぐふっ！」

それがトドメとなり、革鎧を着たプレイヤーは光の粒《つぶ》へと変わる。辺りには幾《いく》つかの貨《か》幣《へい》とアイテムが散らばった。

吹っ飛んできた林の方に向けてドウメキが怒鳴《どな》る。

「グラス！　トドメはきっちりと刺せよ！　面倒《めんど》くさがんな！」

「知るか。撮影班《さつえいはん》なんぞ、ＰＫしても何の足しにもならん。俺が倒そうが、お前が倒そうが、どっちでもいいだろ」

林の奥から、のそっと黒いローブを着た【夢魔族《インキュバス》】の男が現れた。手には黒い杖《つえ》を持ち、そのローブにはドウメキと同じ【バロール】のエンブレムが描《えが》かれている。ドウメキの仲間の魔法使《まほうつか》い・グラスだ。

撮影班？　それじゃさっきの殺されたやつが『処刑動画』に上げる動画を撮影しようとしていたのか？

「テメェら……！　【ナーガラージャ】と戦争始める気か⁉」

【ナーガラージャ】。それが僕らを襲ってきたPKギルドの名前なんだろう。よく見ると全員蛇《へび》のようなエンブレムが装備のどこかに装飾《そうしょく》されていた。

「寝《ね》ぼけてんじゃねぇ。始める気か、じゃねぇよ。もう始まってんだよ！」

ドウメキの大剣が向こうの大剣使いに振《ふ》り下ろされる。慌《あわ》てて受け止めた大剣使いの横腹に、もう片方の手で持ったドウメキの大剣が横に振り抜かれた。

「ぐはっ⁉」

大剣使いが吹っ飛んでいく。

やっぱり大剣二刀流ってずるいよなあ……。手数もリーチもあるってのはかなり有利だ。

それに加えてこいつのスキルは剣士《けんし》寄りじゃなく、武闘家《ぶとうか》寄りなので俊敏《しゅんびん》さもある。攻撃力と防御力は武器や防具頼《だよ》りだけどさ。

「テメェ！」

バンダナをした『拳闘士《グラップラー》』がドウメキに襲いかかる。こいつ、僕のこと忘れてないか？

「【十文字斬り】」

「がっ⁉」

背中を向けたバンダナ男に遠慮《えんりょ》なく戦技を放つ。仰《の》け反《ぞ》ったところをドウメキの大剣が、二本同時に振り下ろされた。僕の戦技【ダブルギロチン】の大剣版だな。

あっという間にバンダナ男のＨＰがレッドゾーンへと突入する。トドメとばかりにドウメキが大剣を振り上げる。

と、そのタイミングでグラスが放った炎の矢がバンダナ男の胸を貫《つらぬ》き、一瞬《いっしゅん》で火だるまにしてしまった。

ＨＰが０になったバンダナ男は光の粒と化し、その場にコインとアイテムをぶちまける。

「おいおい、ちゃんとトドメを刺せよ」

「今のはお前が邪魔したんだろうが！」

そう言って人の悪い笑《え》みを浮かべたグラスに対してドウメキがムキになって吠《ほ》える。トドメを刺そうと振りかぶってたからな。恥《は》ずかしいのかもしれない。

怒鳴るドウメキの肩越《かたご》しに大きな炎の竜巻《たつまき》が巻き上がる。あれはリゼルの【トルネードファイア】だ。向こうの弓矢使いと盾持ちではあの魔法《まほう》は防げまい。

「ふざけやがって！」

大剣使いがドウメキに、槍使いがグラスに向かって襲いかかる。だからこいつら僕の存在忘れてない？

「【分身】、【加速】、【双星斬】」

二人に分かれた僕は加速を使い、ドウメキとグラスに襲いかかるＰＫプレイヤーの背後から十連撃を食らわせた。

「がっ……!?」

「テメェ!?　卑怯《ひきょう》だぞ！」

「お前らに言われたくねぇな。【一文字斬り】！」

動きが止まった二人をドウメキの大剣が横薙《よこな》ぎに一閃する。一気にＨＰを失ったＰＫプレイヤー二人は、その場でアイテムとコインになった。

「サポートご苦労、ウサ公」

「……別にアンタのサポートをしたわけじゃないよ」

ドウメキを手伝ったわけじゃない。あいつらを倒すチャンスだったから仕掛けたまでだ。倒すまではいかなかったけども。

襲ってきたＰＫプレイヤーたちは倒した。でもドウメキも《こいつ》ＰＫプレイヤーだ。僕は油断なく、両手に持った『白焔・改』と『黒焔・改』を構えた。

「そう警戒《けいかい》すんなよ。今日はお前を狩る気はねぇ。俺らの獲物は別だからな」

「【ナーガラージャ】か？」

「おう。全面戦争だ。叩き潰《つぶ》してやるぜ」

全面戦争というとアレだが、ギルド同士の抗争《こうそう》は割と普通にある。

しかし通常はルールを決めて、【ＰｖＰ】などで平和的な解決をする。負けた相手に求めるものが何かにもよるが、負けてもそこまで酷《ひど》いことには通常ならない。

しかし、ＰＫプレイヤー同士の抗争となると話が違ってくる。なにせ、お互《たが》いＰＫプレイヤーなのだ。【ＰｖＰ】なんてまどろっこしいことはしない。直接の殺し合いだ。

賞金首を倒せば賞金が貰《もら》えるが、倒した者も犯罪者だと賞金は支払《しはら》われない。

が、相手は長期間のログイン禁止となる。

その間に相手のギルドホームを攻《せ》め落としてしまえば、溜《た》め込《こ》んであるお宝やアイテムなどは全部せしめることができるのだ。

本来ならばギルドホームは許可したプレイヤーしか立ち入ることはできないのだが、賞金首プレイヤーのギルドホームはそれが適用されない。

ギルドホームに篭《こも》られるとプレイヤーが討伐《とうばつ》できないからね。

故《ゆえ》にＰＫギルド同士の抗争はどちらかが全部奪《うば》われるまで続くらしい。

レベルも熟練度も半分に、お金もアイテムも全て失ったPKギルドがその後も存続するかというと難しいだろうな。新しいアバターを作ってやり直した方がいいかもしれない。

「向こうは今ごろ大慌《おおあわ》てだろうさ。これからギルドホームを強襲《きょうしゅう》してお宝を根こそぎいただいてやるぜ」

ドウメキのまるで山賊《さんぞく》のような言いように、僕はなんとも言えない気持ちになった。

これも『DWO《デモンズ》』の楽しみ方の一つではあるんだろうけど、僕としては受け入れがたい。

そもそもこいつらだって賞金首。僕が倒して賞金をもらったっていいわけだ。

しかしこいつらを倒してしまうと【ナーガラージャ】が無事に存続してしまうかもしれない。そうなるとまた僕が狙われる可能性も出てくる。

毒を以《もっ》て毒を制する。ここは【バロール】に【ナーガラージャ】を徹底的《てっていてき》に殲滅《せんめつ》してもらいたいところだな。

僕はトレードウィンドウを開き、ドウメキとグラスにアイテムを一方的に送りつける。

「おい、なんのつもりだ？　メシなんざもらっても……ああ!?　攻撃力《こうげきりょく》20％上昇《じょうしょう》だぁ!?」

「MP最大値30％上昇、命中率15％上昇、全魔法耐性《まほうたいせい》５％上昇……！　なんだこの料理は……！　見たことも聞いたこともないぞ……！」

僕らのギルドホーム、【星降る島】で手に入れた食材を使い、ウェンディさんが調理した料理をいくつかくれてやった。

島に帰れば食材はいくらでもあるし、これならあげてもそれほど痛くはないし。

「一応助けられたからな。借りは返しとく。そいつを使って【ナーガラージャ】を徹底的に潰してもらえると嬉《うれ》しいね」

「くははは！　相変わらず性格悪いウサギだぜ！　お前さん、黒ウサギにした方がいいんじゃねぇか？」

それはよく言われるけど、ほっとけ。

僕はＰＫに手を貸したわけじゃない。あくまで僕は助けられたお礼としてアイテムを渡《わた》しただけだ。

消費アイテムだから効果は一回きりだし、時間制限もある。これくらいならいいだろう。

【ナーガラージャ】を放置しておく方がよっぽど厄介だ。

『処刑動画』とやらの被害《ひがい》に遭《あ》うプレイヤーがこれ以上増えないことを願う。

「シロさん！」

向こうからレンの呼ぶ声と近づいてくる足音がする。向こうも片付いたみたいだな。

「おっと、あの嬢《じょう》ちゃんにまたなにか言われる前に退散するか。あばよ、ウサ公。【ナーガラージャ】のことはきっちりケジメをつけてやるからな」

「料理はありがたく使わせてもらう。またな」

そう言ってドウメキとグラスは林の中へと去っていった。

すぐにリゼルたちを連れたレンが僕のところへやってきて、みんなが合流する。

「だ、大丈夫《だいじょうぶ》でしたか⁉　ＰＫプレイヤーたちは⁉」

「あーっと……倒した。ドウメキたちが」

「は？」

ううむ、変な顔をされたが、そう答えるしかない。事実、僕はＰＫプレイヤーを一人も倒してないしなあ……。

ここであったことをできるだけ簡潔に説明する。面倒《めんどう》なことにならずにすんだけど、僕らにいろいろと隙《すき》があったのも確かだ。

「あまり意識はしてませんでしたが、【怠惰】において、私たちも有名なギルドのひとつになってたんですね……」

「【スターライト】とともに第四エリアに初乗りしたりしましたからね」

「まあでも、一番の原因はシロ兄ちゃんだけど」

レンとシズカの言葉にミウラが余計な一言を上乗せする。いや、まあ事実だけど……。

なるべく目立たないようにしてたつもりなんだけどな……。まあ、あまりこそこそし過ぎてゲームを楽しめないのも嫌《いや》なんだが。

「なんかもう今日は疲《つか》れたな……。ログアウトするか？」

「ダメだよ、マンドラゴラ取らないと」

「あー……。忘れてた……」

そうだそうだ。マンドラゴラ取りに来たんだった……。

定石通り、ロープを使って遠くからマンドラゴラを引き抜《ぬ》くと、ホラー映画顔負けの甲《かん》高《だか》い叫び声《ごえ》が辺りに響《ひび》き、周りにいた鳥や小動物たちが全員ＨＰを失ってアイテムと化した。

ひょっとしてマンドラゴラを使えば、ＰＫプレイヤーたちをまとめて仕留められたのでは？　という考えが頭の中をよぎったが、それだと僕も死ぬから自滅覚悟《じめつかくご》の道連れってことになるか。最終手段としては有りだったのかもしれないけども。

まあ、とにかくなんとか無事にマンドラゴラを採取することができた。これでクエスト完了《かんりょう》だな。

はあ、散々な一日だった。

後日、ギルド【ナーガラージャ】が壊滅《かいめつ》し、そのまま解散となったという噂《うわさ》を聞いた。

ドウメキたちが潰したんだろう。ＰＫギルドはＰＫギルドでいろいろとあるんだな。

僕らも他のギルドと抗争する日が来るかもしれない。

まあ売られた喧嘩《けんか》は買うけど、こちらから売るつもりはないので、なるべく巻き込まれないようにしようっと。

DWO:05:09　稲荷寿司と宇宙談議

【Real World】

「美味《おい》しいです！」

「美味しいの！」

ガツガツとなにかが覚醒《かくせい》したかのように、ノドカとマドカが重箱に詰《つ》められた稲荷寿司を頬張《ほおば》る。誰《だれ》も取らないから両手に持つんじゃない。行儀《ぎょうぎ》悪いぞ。

「すみません、騒《さわ》がしくて……」

「ふふ、いいんですよ。気持ちいい食べっぷりだわ。子供はどんどん食べないとねえ」

僕は紫檀《したん》の座卓《ざたく》を挟《はさ》んで手前に座《すわ》る百花《ももか》おばあちゃんに頭を下げる。

今日はおやまのふもとにある武家屋敷《ぶけやしき》、因幡《いなば》の本家にやってきていた。父さんからたくさんのお土産《みやげ》が届き、お世話になったお礼として百花おばあちゃんのところへお裾《すそ》分《わ》けにやってきたのだ。

名目上、僕の護衛ということになっている、ノドカとマドカも引き連れて。

百花おばあちゃんは父方の祖父の妹、ノドカとマドカは母方の親戚《しんせき》ということになっているので、会わせても大丈夫と判断したのだ。

少し早いけどついでにお昼を食べて行きなさいというおばあちゃんに甘《あま》えてご馳《ち》走《そう》されたのだが、出てきた稲荷寿司にノドカとマドカのテンションが爆上がりした。君ら油揚《あぶらあ》げ好きすぎだろ……。

「ほら、貴方《あなた》も遠慮なくお上がりなさいな」

「あ、はい。いただきます」

重箱に山のように入った稲荷寿司を取皿に一つ取り、口へと運ぶ。うん、美味《うま》い。

甘じょっぱい油揚げと、中身の酢《す》飯《めし》に何か入っている。ちょっと酸《す》っぱい……紅生姜《べにしょうが》か？

「紅生姜が入ってるんですね。珍《めずら》しいな」

「お手伝いの鮫島さんが青森出身でね。あちらではよくこうして食べるそうよ。私も一度食べてから大好きになってねえ。今じゃ紅生姜が入っていないと物足りないくらい」

へえ。青森の方じゃそうなのか。

聞いてみると、この稲荷寿司は紅生姜を混ぜてあるだけだが、中には紅生姜の漬《つ》け汁《じる》を加えたピンク色の稲荷寿司まであるという。普通の稲荷寿司と合わせて、紅白稲荷として出したりするんだそうだ。

そんな話を聞いている僕の横で、次から次へと稲荷寿司が双子《ふたご》の手により消えていく。

ついに最後のひとつが消えて、火が消えたようにしょんぼりしたノドカとマドカの前に、台所からやってきたお手伝いさんの鮫島さんが、再び重箱にぎっしりと詰まった稲荷寿司を差し出してきた。

「ありがとうです！」

「ありがとうなの！」

「いや、もうほんと、すみません……」

にこやかに部屋を出て行く鮫島さんに頭を下げる。ノドカとマドカの食いっぷりを見て急遽《きゆうきよ》作ってくれたんだろうか。申し訳ないなあ。

「本当に気にしなくていいのよ？　もともと午後から来客の予定があって、その時に出そうと思っていたのだけれど、予定の人数が減ってしまってね。だいぶ余ってしまったの。逆に助かったわ」

そうだったのか。それならまあ……とも思うが、再びガツガツと食い始めた双子を見ていると、なんともいえない気持ちになってくる。

「こちらにはもう慣れたかしら？」

「ええ。友達もできましたし、学校でもうまくやれてます」

百花おばあちゃんの質問に当たり障《さわ》りのない答えを返す。引っ越《こ》してきてまだ半年も経《た》ってないのに、宇宙人と友達になったり、同居したりしています、とは言えんしな。

「最近はＶＲでゲームも始めましたし、楽しく過ごしていますよ」

「あら、貴方も？　私も奏汰《かなた》や遥花《はるか》から教えてもらって始めたのよ」

え？　百花おばあちゃんもＶＲゲームを⁉

「ＶＲはいいわよねえ。遠くの場所も行った気になれるし、美味しい料理も食べれるし」

ああ、観光系のＶＲソフトか。有名店などの料理をＶＲで追体験できたりするんだよな。まるで海外旅行したかのような気分になれるソフトもあるとか。出歩くのが難しいご老人にも人気とか聞いたな。

百花おばあちゃんもＶＲ観光してるのか。

「よかったわ。やっぱり学生のうちは楽しまないと……あら？」

ふと百花おばあちゃんの目が僕の背後に向けられる。振り返ると、武家屋敷には似合わない４Ｋの大型有機ＥＬテレビがお昼のニュースを流していた。

『今日未明、Ｍ県Ｓ市の路上で会社員の男性が意識不明となって倒れているところを発見されました。原因は極度の貧血《ひんけつ》によるものとされていますが、首元に小さな傷痕《きずあと》があり、巷《ちまた》で噂されている吸血鬼事件《きゅうけつきじけん》かと地元では騒がれています……』

なんだこりゃ？　吸血鬼事件？　またオカルト的なニュースだな。Ｓ市ってすぐ近くじゃないか。

「また起きたみたいね。これで四件目かしら。物騒《ぶっそう》ねえ」

「四件目？　そんなに起こってるんですか？」

「ええ。ここのところ毎日報道されてるじゃない。貴方、テレビ見てないの？」

見てない。もともとあまり見る方ではなかったが、ゲームを始めてからそれがさらに加速した。ここ数日は忙《いそが》しくて、ネットニュースも見なかったしな。

「幸い亡《な》くなった方はいないようだけど、襲われたときの記憶《きおく》が曖昧《あいまい》で犯人を覚えていないそうよ」

「襲われた……？　事故ではなく、犯人がいるということですか？　通り魔《ま》的な犯行なんですかね？」

「襲われた人に共通点はないようだし、そうなんじゃないかしら。身体から血を抜き取るなんて、なんの目的なのかしらね」

百花おばあちゃんの言葉を聞きながら、僕はもしやこの事件は宇宙人の仕業《しわざ》ではないかという疑念に囚《とら》われていた。単なる猟奇的《りょうきてき》な犯人による犯行ならいいが……いや、まったくよくないが。

吸血鬼のように血を吸う宇宙人がいないとも限らない。

リーゼの話だと、地球に来ている大半の宇宙人は【惑星連合《わくせい》】の管理下にあるらしいが、【宇宙同盟】、【銀河帝国《ていこく》】に所属する宇宙人はその対象から外れるという。

目の前にいる、稲荷寿司を食べ過ぎて横になっている双子の宇宙人とかな。

さらにそれとは別に許可なく地球へ来た者……つまり密入国者（この場合は密入星者というのかもしれないが）もいる。

むろん、こちらは犯罪者なので、見つかれば容赦《ようしゃ》なく国外退去（星外退去？）される。【同盟】や【帝国】に所属している者でもそれは同じだが。

「貴方も夜に出歩くのはおよしなさいね？　近頃物騒《ちかごろぶっそう》だから。こないだは河童《かっぱ》が出たとかいう噂があったし」

「ああ、なんか奏汰がそんなこと話してましたね」

吸血鬼に河童か。河童もひょっとして宇宙人か？　……いかんな、最近なんでもかんでも宇宙人と結びつけようとしてしまう。

「この辺りにはね、昔から不思議な言い伝えが多いの。龍《りゅう》とか天狗《てんぐ》とかね」

「天狗ですか？」

龍の話は前に聞いたが、天狗は初耳だな。

「天狗ってのはね、元々は凶事《きょうじ》を知らせる流星のことを意味したの。日本では天狗《あまつきつね》とも言われたそうよ。この辺りには平安の昔、京の都から神狐《しんこ》が逃《のが》れてきたって伝承もあるんだけど、偉《えら》い学者さんが言うには、昔、ここに大きな隕石《いんせき》が落ちたんじゃないかって話なの」

「隕石が？」

「ええ。その隕石が見た人によって、龍とか天を駆ける狗にされたのではないか、という説ね。そこから神狐の話も広まったんじゃないかって」

なるほど。七十六年の周期で地球に接近するハレー彗星《すいせい》なんかは、災難の前兆とか言われてたらしいからな。千年も前の人たちが隕石が落ちるのを見たりしたら、龍や天狗だと思ってもおかしくはないのかもしれない。

もしもそれが本当なら、その時に落ちた隕石はどうなったのだろう？　まだここらの土地に埋《う》まってたりするのだろうか。

僕がそんな益体《やくたい》もないことを考えていると、百花おばあちゃんがふと時計を見上げた。

「あら、もうこんな時間？　ごめんなさい、この後お客さんが来るのよ」

「あ、じゃあそろそろお暇《いとま》します」

「ごめんなさいね。また今度ゆっくりといらっしゃい」

帰ろうと横にいたノドカとマドカを見ると、二人ともいつの間にか畳《たたみ》の上で寝てしまっている。どうりで静かだと……。

「おい、起きろ。帰るぞ」

「むにゃむにゃ、もう食べられないです……」

「もう食べられないの……」

なんともテンプレな寝言《ねごと》を吐《は》いているが、あんなに食べたらそんな寝言も出るか。

しかしどうするかな。一人だけならおぶっていってもいいんだが、二人となると……。

「大丈夫よ。車を用意させるから、それに乗って帰りなさいな」

「え？　そんな悪いですよ」

来る時はここまで電車とバスで来た。わざわざ車を出してもらうのも気が引ける。

「気にしないでいいのよ。ゆっくりできなかったお詫《わ》びだから。鮫島さん、山岡さんに車を回してもらって」

「かしこまりました」

有無《うむ》を言わせず百花おばあちゃんがお手伝いさんの鮫島さんに言付ける。山岡さんというのはこの家のお抱《かか》えの運転手だ。五十過ぎくらいの白髭《しらひげ》の優《やさ》しそうな男性だった。

無下に断わるのもなんだし、ここは甘えることにしよう。どのみち僕一人では運べないしな。

門の前に女神《めがみ》のエンブレムが付いた高級そうな車が停まると、山岡さんがノドカとマドカを抱《だ》き上げて車へと順番に運んでくれた。玄関から門まで結構あるから助かるけど、ホント申し訳ないな。

「じゃあまた来ます」

「ええ。奏汰と遥花によろしくね」

百花おばあちゃんに別れを告げ、玄関を出る。門の前に停まっている車まで行くと、すでに山岡さんは運転席に乗り込んでいた。

ノドカとマドカは後部座席に乗って（寝転《ねころ》んで？）いる。

僕も助手席に乗り込もうとしたとき、一台の車が反対側の道路からやってきて僕らと同じ門の前で停止した。

あちらも山岡さんの乗る車と同じ、高級そうな車である。あの三つの頂点を持つ星のエンブレムは僕でも知ってる。

しかしそれよりも、後部座席より降りてきた人物に僕は目を留めた。

「あら？　因幡君じゃないですか。お久しぶりですね」

「生徒会長？」

車から降りてきたのは、うちの生徒会長である更級更紗《さらしなさらさ》先輩《せんぱい》であった。

僕を生徒会へ誘《さそ》った一件以来、会うこともなかったのだが、また珍しいところで会ったな。

今日は日曜日。当然ながら会長は制服ではなく、シックなスーツに身を包んでいた。まるでやり手のキャリアウーマンのように見える。この人、本当に高校生か？

「百花さんのところへいらしたの？」

「え？　ああ、はい。ちょっと用事があって」

百花さん？　百花おばあちゃんと知り合いなのか。この後に来るお客さんって生徒会長のことだったのかな？

だけどどういう繋《つな》がりだ？　奏汰とかからは何も聞いていないけど。

「そう。私もちょっとした用事でね。ああ、もう一度聞くけど、やっぱり生徒会に入る気はない？　私もあと少しで退任なのだけれど、次期会長に翠羽君《みどりば》が立候補しているのよね。今からでもそのサポートに入ってくれる人材が欲《ほ》しいのだけれど」

翠羽……ああ、あの突《つ》っかかってきた二年の先輩か。あの人、次期会長を狙《ねら》ってるのかよ。悪いけど生徒会に興味もないし、あの先輩とうまくやれる気がしない。

「すみませんが……」

「やっぱりダメか。まあいいわ。引き止めて悪かったわね。それじゃ。また学校で会いましょう」

さほどがっかりした様子も見せず、微笑《ほほえ》んで更級先輩は武家屋敷の門の中へ去っていった。

なんで更級先輩は僕を生徒会へ誘うのかね？　ひょっとして百花おばあちゃん繋がりで？　だったら孫の奏汰とか遥花の方を誘うよな。あ、いや、あいつらは成績がアレか……。

僕は待たせていた山岡さんの車の助手席に乗り込む。

車はスーッと静かに走り出した。さすがは高級車。乗り心地《ごこち》が違《ちが》う。

それだけに後部座席のノドカとマドカがよだれでもつけないかと気が気じゃない。ミヤビさんからもらったお金があれば弁償《べんしょう》はできるかもしれないけれど。

僕自身も汚《よご》さないように気をつけねば。そう思うとなんかドキドキするな……。乗り心地がいいのやら悪いのやら。

◇　◇　◇

「それで？　そちらの見解は？」

「【同盟】の者ではありませんね。我々の星の吸血種はあまり地球種族の血を好みませんので」

紫檀の座卓を挟み、百花の対面に座った更紗がそう述べて、置かれた湯呑《ゆの》みに静かに口をつけた。

「【連合】の方《かた》も同じようなことを言ってたわね。【帝国】は相変わらずだんまりだけれど」

「やはり密航者かと。【連合】の落ち度ですね」

静かな微笑みを浮《う》かべて更紗が言い放つ。

基本的に地球における異星人の管理は【連合】側がしている。許可のない異星人を地球に下ろしたとなれば、【連合】の管理を疑われても仕方がないところだ。

「【連合】の人たちは【同盟】《あなた》たちが手引きしたんじゃないか、みたいなことを匂《にお》わせていたけれど」

「なぜ我々がそんなことを？　【連合】さんもおかしなことを言いますね」

「そうかしら？　【連合】が失態を重ねれば、地球の管理権は【同盟】に移るかもしれない。そういった可能性もあるのではなくて？」

「まあ、ないとは言えませんが。しかし我々を疑う前に、自分たちの襟《えり》を正すべきかと愚考《ぐこう》しますね」

お互い笑顔《えがお》で話し合ってはいるが、言葉の裏で腹の探《さぐ》り合いをしているように見える。

お互い同じようなタイプなだけに、やりにくさを感じていた。

「まあ、いいでしょう。この件に関しては【連合】さんの方で対処するそうなので。変な争いごとに地球《こちら》を巻き込みさえしなければけっこうよ」

「それはもちろん。『白』の一族に敵対しても地球でなにも益はありませんから。盟主様も同じお考えでしょう」

更紗はにっこりと微笑んで飲み終えた湯呑みを置いた。

「もっとも【帝国】さんの方の考えはわかりませんが」

「【帝国】はいったいなにを考えているのかしら……。【同盟】側《そちら》ではなにかわかって？」

「なにも。なにしろ女皇帝《こうてい》の来訪ですからね。上司《うえ》の方はてんやわんやです。いきなり侵《しん》略《りゃく》などということはないと思いますけど……」

話し合いにより星々の絆《きずな》を深めてきた【惑星連合】、同じ目的のため、志を一つにする【宇宙同盟】。そして、武力により数多《あまた》の星々を束ねてきた【銀河帝国】。

三勢力の中ではもっとも好戦的であるはずの【帝国】が、地球に関しては静観するのみで、進んで干渉《かんしょう》しようとはしない。

地球側にしてみれば、いつ爆発《ばくはつ》するかわからない火薬庫の中にいるようなものだ。関係者はさぞやきもきしていることだろう。

向かい合う二人も同じ気持ちであった。しかしまさかその【帝国】に所属する二人が、ついさっきまでこの部屋にいたとは誰が思うだろうか。稲荷寿司をドカ食いしていたと、誰が思うだろうか。

「【帝国】の方々に会うことはできないのかしら？　一度お会いしてみたいのだけれど……」

「やめておいた方がいいですよ。私見ですが、【帝国】の人たちはなんというか、変わり者が多いです。『知』や『利』や『情』ではなく、『本能』で動くというか。頭を使わない野生の動物のようなものですから」

ずいぶんな言いようね、と百花は思ったが、【帝国】と【同盟】はかつて戦争をしていた時代もあったと聞いた。そういった感情を持っていても仕方のないことなのかもしれない。

【帝国】とのコンタクトを取ることを諦《あきら》めた百花は小さくため息をついた。実際にはもうすでに仲良く会話を交《か》わしていたのだが。

「ところで。先ほど門の前で因幡君に会いましたよ。相変わらず若い時の白鳳《はくほう》さんとそっくりですね」

「そうね。あの子はまるで白鳳兄さんの生き写しだわ。性格はまったく違うのだけれど」

「懐《なつ》かしがる連中も多いのでは？」

「もうほとんどの方が鬼籍《きせき》に入ってしまわれたわね。地球人は貴女方《あなた》と違って短命なのよ」

【惑星連合】や【宇宙同盟】が地球を監視《かんし》し始めてからすでに何百年も経っている。彼《かれ》らの寿命《じゅみょう》は軽く千年を超《こ》える者もいるらしく、ほとんど老化もしない。

クローン技術により代替《だいが》わりしている種族もいるらしいが、百花は会ったことはなかった。

目の前の少女も初めて出会った頃《ころ》からまったく歳《とし》をとっていない。少なくとも五十年は同じ姿のままである。名前は幾度《いくど》か変わったが、五十年前と同じく気の抜けない相手であった。

「ああ、ついでにお昼を食べていきなさいな。白兎君《はくと》にも評判が良かったお稲荷さんよ」

「ありがとうございます。では遠慮なく」

目を輝《かがや》かせて更紗が首肯《しゅこう》する。どうやら【宇宙同盟】の使者も稲荷寿司は好きなようであった。

◇◇◇

「よいしょっと」

「むにゅる……」

ベッドに横たわるノドカの横へマドカを下ろすと、そんな奇妙《きみょう》な声を上げた。二人に布《ふ》団《とん》をかけて、僕《ぼく》は二階の寝室《しんしつ》から一階へと下りる。子供を抱えて二回も上り下りってのはしんどい。

もう少し運動しようかな。島にいた時と比べて、体力が落ちてきているような気がする。ゲームばっかりしてたからなあ……。

と言いつつ、足はVRドライブの方へと向かってしまうのですが。

「なにか新しい情報は……っと」

VRドライブを起動させて、『DWO《デモンズ》』における【怠惰《たいだ》】の領国情報サイトをチェックしていく。

大手のところから小さくても面白《おもしろ》いプレイ日記まで目を通していく。意外とこういった小さな情報が、攻略《こうりゃく》や新たな楽しみ方の発見につながったりするのだ。

前はあまり見なかったけど、最近は情報収集というか、面白い読み物として見ていたりする。

ふと、小さな情報サイトの記事に目を留める。

「あ、【エルドラド】と【ザナドゥ】の【PvP】、決着ついたんだ。【ザナドゥ】の圧勝かあ」

まあ、そうだろうなあ。【ザナドゥ】のエミーリアさんとクローネさんにはAランク武器を渡したからな。かなり有利な戦いができるとは思っていたけど圧勝とは。

【エルドラド】のゴールディが『なによ、その武器！　ズルいわよ！』と癇癪《かんしゃく》を起こしている姿が容易に想像できる。

出所は秘密ということにしてもらったから、僕に文句はこないはずだけど。来たとしてもスルーするけどさ。

おっと、それより検索検索《けんさくけんさく》。

第五エリアに行くための扉《とびら》は【エルドラド】が発見した。おそらくその扉を開くための鍵《かぎ》は、【スターライト】と僕ら【月見兎《うさぎ》】が手に入れた『エメラルドの鍵』だと思う。ただ、鍵は三つ必要らしいから、残りの二本を手に入れる必要がある。

第四エリアの公開されているマップを開く。全体的に第四エリアは第三エリアより狭《せま》いのだが、雪や断崖《だんがい》、クレバスなどでなかなか踏破《とうは》できないんだよな。

さらに常時吹雪《ふぶ》いているエリアなんかもあって、ますます探索《たんさく》を困難にしているんだ。

「やっぱり今のところ怪《あや》しいのはここかなあ……」

僕は第四エリアのマップで、北に位置するフィールドに視線を向けた。

『ティアード大氷原』。

名前からして寒そうなエリアだ。だけどここはまだあまり探索されていないみたいだし、鍵のある可能性は高い。

えっ、『雪原』じゃなくて『氷原』フィールドでは、耐寒《たいかん》一〇〇％の装備でもＨＰが削《けず》られるの⁉

それ以上は氷結耐性《たいせい》……『耐氷』がいるのか。

装備を改良しないと行けないなあ。

うーむ、ここはレンに相談してみよう。ソロモンスキル【ヴァプラの加護】を持っているレンなら耐氷装備も作れるかもしれない。

よし、そうと決まれば善は急げ。

僕は『DWO《デモンズ》』へとログインを始めた。

あとがき。

『ＶＲＭＭＯはウサギマフラーとともに。』第五巻をお届け致しました。楽しんでいただけたでしょうか。


私事でありますが、今年の三月に青森にいた父方の祖母が亡くなりました。

青森に行くと、いつも紅生姜の載った稲荷寿司を出してくれたのを思い出します。今巻の原稿をチェックしていて、偶然ラストのそういったシーンが自分と重なりました。

このような状況下ですから、お葬式にも出席できませんでしたが、平穏な日常が戻ってきたらあらためてお墓参りに行きたいと思います。

さて、今巻ではミヤビさんの正体、リーゼの正体などが明かされます。予想していた通りという方もいらっしゃるでしょうけども。

ＭＭＯの醍醐味というと、いろんな人たちと繋がることができる、ということだと思います。身分も年齢も出身地も関係なく、ゲームという箱庭の中で一緒に遊ぶことができる。

いつかこの作品のように宇宙に暮らす人々ともゲームで繋がれる日が来ればいいなと思っています。


なろうとかのジャンルでいうと、この『ＶＲＭＭＯはウサギマフラーとともに。』という作品は、【ＶＲゲーム】もの、となるのですが、さらに【宇宙ＳＦ】もの、も軽くミックスされています。

もう一つの作品である『異世界はスマートフォンとともに。』も【ファンタジー】もの、に【ロボット】ものを足しているので、どうも自分はジャンルの違うものを足す傾向にあるようです。

まあ、【宇宙SF】もの、といってもハードSFではなくて、藤子・F・不二雄大先生のいうところの『S《すこし》・F《ふしぎ》』な世界観ではありますが。ゲーム世界だけではなく、現実世界でも不思議なことが起こり始めた巻でした。これからも応援よろしくお願い致します。

そしてお待たせしました。『VRMMOはウサギマフラーとともに。』のコミカライズがスクウェア・エニックスさんのガンガンONLINEで始まりました。作画は本編挿絵担当のはましんさんがそのまま漫画の方も担当致します。こちらも応援のほどをよろしくお願い致します。

最後に謝辞を。挿絵担当のはましん様。コミカライズの方もよろしくお願い致します。担当のK様、ホビージャパン編集部の皆様、本書の出版に関わった皆様方に深く感謝を。そしていつも「小説家になろう」の方で読んで下さる読者の方々、並びに今、この本を手に取って下さり、ここまで読んで下さった全ての方々に感謝の念を。

冬原パトラ

第4エリアの探索も進み、
ついにエリアボスの居所を突き止めたシロたち。
コミカライズも
連載開始！
ガンガンONLINEをチェック！
コミック版『VRMMOは
ウサギマフラーとともに。』
漫画／はましん　原作／冬原パトラ
©Hamasin/SQUARE ENIX
ガンガンONLINEにて好評連載中！

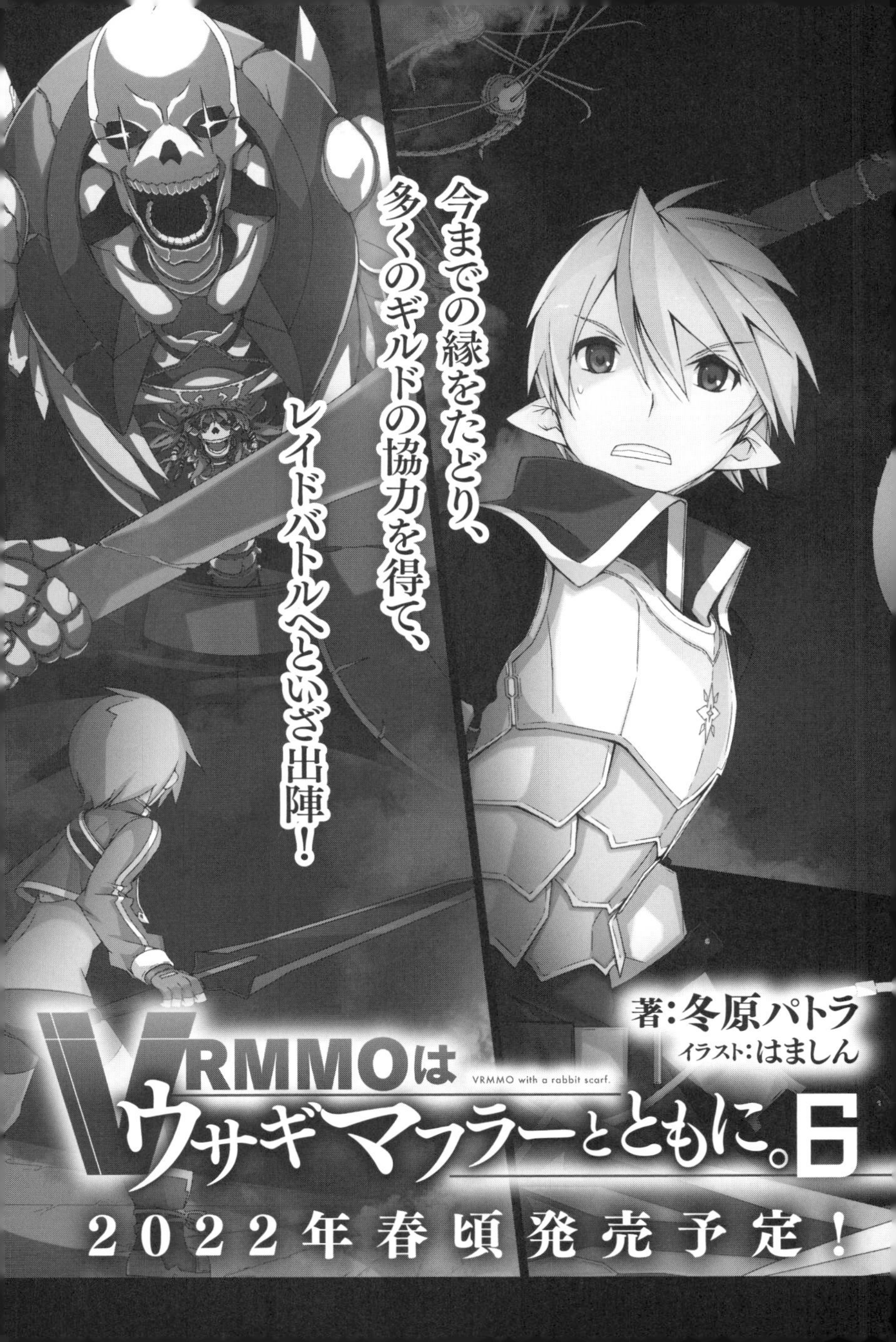
今までの縁をたどり、
多くのギルドの協力を得て、
レイドバトルへといざ出陣！
著：冬原パトラ
イラスト：はましん
VRMMOはウサギマフラーとともに。6
VRMMO with a rabbit scarf.
2022年春頃発売予定！

魔導列車が完成し、開通式が開かれることに。
式典も滞りなく進む中、
フォンとともに。25
2021年秋頃発売予定！

子供たちのうちの一人が
ブリュンヒルドの城下町に現れたという情報を聞きつけ——。
異世界はスマート
冬原パトラ
illustration■兎塚エイジ

コミカライズも連載中の
スナイパー英雄譚！
漫画：瀬菜モナコ
原作：かたなかじ
キャラクター原案：赤井てら
著／かたなかじ
イラスト／赤井てら
発売予定!!

魔眼と弾丸を使って
異世界をぶち抜く!
第12巻 2021年秋

HJ NOVELS
HJN44-05

VRMMOはウサギマフラーとともに。5

2021年9月18日　初版発行

著者——冬原パトラ

発行者—松下大介
発行所—株式会社ホビージャパン
〒151-0053
東京都渋谷区代々木2-15-8
電話　03(5304)7604（編集）
03(5304)9112（営業）

印刷所——大日本印刷株式会社

装丁—— 木村デザイン・ラボ／株式会社エストール

Printed in Japan

ISBN978-4-7986-2514-0　C0076

ファンレター、作品のご感想お待ちしております
〒151－0053　東京都渋谷区代々木2－15－8
(株)ホビージャパン HJノベルス編集部 気付
冬原パトラ 先生／はましん 先生